참을 수 없는
가우초

참을 수 없는 가우초

로베르토 볼라뇨 지음

이경민 옮김

EL GAUCHO INSUFRIBLE by ROBERTO BOLAÑO

Copyright © 2003, The Heirs of Roberto Bolaño
All rights reserved.
Korean translation copyright © 2013, The Open Books Co.
This edition is published by arrangement with Carolina López Hernández,
as representative of the literary estate of Roberto Bolaño
c/o The Wylie Agency (UK) Ltd. through Shinwon Agency Co.

COVER ARTWORK BY AJUBEL

Copyright © 2013, Alberto Morales Ajubel and The Open Books Co.
All rights reserved.

이 책은 실로 꿰매어 제본하는 정통적인 사철 방식으로 만들어졌습니다.
사철 방식으로 제본된 책은 오랫동안 보관해도 손상되지 않습니다.

나의 아이들 라우타로와 알렉산드라,
그리고 나의 친구 이그나시오 에체바리아에게

어찌 되건 우리가 너무 많은 걸 잃진 않겠지.[1]

프란츠 카프카

1 카프카의 단편 「여가수 요제피네 혹은 쥐 족속Josefine, die Sängerin oder Das Volk der Mäuse」에 나오는 문장이다.

짐 · 11

참을 수 없는 가우초 · 15

경찰 쥐 · 51

알바로 루셀로트의 여행 · 83

두 편의 가톨릭 이야기 · 108

문학+병=병 · 128

크툴루 신화 · 153

옮긴이의 말

참을 수 없는 볼라뇨 · 175

로베르토 볼라뇨 연보 · 183

짐[2]

 오래전 짐이라는 친구가 있었는데 여태껏 그 친구보다 더 슬퍼 보이던 미국인은 없었다. 절망에 빠진 사람은 많이 봤다. 하지만 짐처럼 슬퍼 보인 사람은 없었다. 언젠가 그는 반년이 넘는 여정으로 페루로 떠났다. 그런데 오래지 않아 그를 다시 보게 됐다. 짐, 시가 대체 뭐예요? 멕시코의 빌어먹는 아이들이 그에게 물었다. 하늘을 쳐다보던 짐은 그 말을 듣더니 구역질을 했다. 어휘, 능변, 진리 추구. 주현절. 네 앞에 성모께서 현현하시는 것과 같은 거지. 중앙아메리카에서 그는 몇 번이고 강도를 당했는데 전직 군인이자 베트남 참전 용사가 당할 만한 일이 아니었다. 싸움은 그만, 짐이 말했다. 난 이제 시인으로서 기발한 뭔가를 찾아서 그걸 쉬운 말로 표현할 거야. 쉽고 흔한 말이 있을 것 같아? 난 있다고 생각해, 짐이 말했다. 그의 부인은 치카나[3] 시인이었는데 틈만 나면 그를 떠나겠다고 으름장을 놨다. 그가 부인의 사진을 보여 줬다. 빼어난 미모는 아니었다. 얼굴엔 고통이 묻어 있었고 그 고통 속엔 증오가 서려 있었다. 나는 샌프란시스코의 아파트나 로스앤젤레스의 집에서 창문은 닫아 두고 커튼만 열어 둔 채 식탁에 앉아 식빵 조각과 야채 수프를 먹고 있는 그녀를 상상했다. 보아 하니 짐은 피부가 갈색인 여자를 좋아했다. 그는 그런 여자들이 역사 속 비밀스러운 여자들이라고 했지만 그 이상 설명하지는 않았다. 반대로 나는 금발 여자가 좋았다. 언젠가 멕시코시티 길가에서 불쇼 하는 사람을 지켜보던 짐을 만났다. 그가 나를 등지고 있어서 인사를 건네진 못했지만 틀림없이 짐이었다. 산발한 머리에 지저분한 흰색 셔츠를 입은 그의 등엔 아직도 배낭의 무게가 느껴지는 것 같았다. 그의 붉은 목, 그 목은 어찌 보든 어느 평원에서 교수형당한 사람을 연상케 했다. 평원이란 게 원래 그렇듯 혹은 그래야 하듯 광고도 주유소 불빛도 없는 흑백의 평원 말이다. 그 평원은 끝없이 펼쳐진 황무지로 우리가 도망쳐 나온, 그래서 우리의 귀환을 기다리는 철갑 또는 벽돌로 된 감옥과도 같다. 짐은 호주머니에 손을 넣고 있었다. 불쇼 하던 사내는 횃불을 흔들며 그악하게 웃고 있었다. 얼굴이 검게 그을린 탓에 나이가 서른다섯으로도 열다섯으로도 보였다. 웃통을 벗은 그의 몸엔 배꼽에서 가슴까지 흉터가 뻗쳐 있었다. 그는 입속에 휘발성 용액을 채웠다가 이내 긴 불줄기를 뿜어내길 되풀이하고 있었다. 사람들은 그의 곡

---

2 2002년 9월 칠레 신문 「라스 울티마스 노티시아스Las Últimas Noticias」지에 실린 단편.

3 치카노/치카나Chicano/Chicana. 1848년 멕시코와의 전쟁에서 승리한 미국이 과달루페 이달고 조약에 따라 멕시코 영토이던 텍사스, 애리조나, 뉴멕시코, 캘리포니아, 콜로라도 등을 합병하면서 미국인이 된 멕시코인과 그 후손을 지칭한다. 보통 멕시코계 미국인을 통칭한다.

예를 구경하고 갈 길을 갔지만 짐만큼은 그러지 않았다. 짐은 그 사내에게 뭔가 더 기대하고 있다는 듯, 꼬박 아홉까지 세고 열 번째를 기다리듯 혹은 그 그을린 얼굴에서 옛 친구나 자기가 죽인 사람의 얼굴을 보듯, 인도 가장자리에 꼼짝 않고 서 있었다. 나는 한참 동안 그를 지켜봤다. 당시에 열여덟이나 열아홉쯤이던 나는 내가 죽지 않을 거라 생각했다. 그게 아니란 걸 알았다면 몸을 돌려 자리를 떴을 것이다. 시간이 지나자 짐의 등을 지켜보는 것도 불쇼 하는 자의 일그러진 얼굴을 보는 것도 지겨워졌다. 나는 다가가 짐을 불렀다. 짐은 내 말을 듣지 못한 것 같았다. 나를 돌아본 그의 얼굴은 땀범벅이었다. 몸에 열이 나는지 나를 바로 알아보지도 못했다. 그는 고개를 끄덕여 인사를 하더니 다시 불쇼를 구경했다. 나는 그의 곁에 서고 나서야 그가 울고 있음을 알았다. 아마 열도 났을 것이다. 게다가 나는 멕시코시티의 그 길모퉁이를 지나는 모든 통행자들이 헛것이라는 양 그 불쇼가 전적으로 짐을 위한 것임을 알고는, 이 글을 쓰는 지금은 덜하지만, 당시엔 놀라움을 금치 못했다. 가끔씩 그 불길이 1미터 이내로 날아들었다. 어쩌려고 그래, 길에서 타 죽을 거야? 내가 물었다. 별생각 없이 내뱉은 신소리였는데 불현듯 그게 바로 짐이 원하는 것이라는 생각이 들었다. 시팔, 홀려 버렸어 / 시팔, 홀려 버렸어, 라는 후렴구가 기억났는데, 당시 몇몇 펑크족 소굴에서 유행하던 노래의 후렴구였다. 짐은 시팔, 홀려 버린 것 같았다. 멕시코의 저주가 그를 홀려 이제 짐은 그 유령들의 얼굴을 똑바로 마주하고 있는 것이다. 다른 데로 가자, 그에게 말했다. 혹시 마약을 했느냐고 아니면 어디 아픈 거냐고 물어봤다. 그는 고개를 저었다. 불쇼 하던 자가 우리를 쳐다봤다. 그러더니 두 볼을 가득 부풀리고 바람의 신 아이올로스처럼 우리에게 다가왔다. 나는 그 찰나의 순간에 우리에게 닥쳐올 게 바람이 아니라는 걸 알았다. 나는, 가자니까, 라고 말하며 그 불길한 길가에서 단번에 그를 끌어냈다. 우리는 레포르마 대로 쪽으로 길을 내려갔고 잠시 후 헤어졌다. 그때까지 짐은 말 한 마디 하지 않았다. 다시는 그를 만나지 못했다.

참을 수 없는 가우초[4]

로드리고 프레산[5]에게

엑토르 페레다와 친분이 두텁던 사람들에 따르면 그는 무엇보다 두 가지 미덕을 지닌 사람이었다고 한다. 그는 한 가정의 세심하고 자애로운 아버지이자 청렴이 시대착오가 된 나라에서 청렴하기로 이름난 흠 잡을 데 없는 변호사였다. 첫 번째 미덕의 예는 바로 그의 자녀들인 베베와 쿠카이다. 그들은 행복한 유년과 청소년기를 보냈으나 나중엔 현실적 문제를 두고 책망의 강도를 높여 가며 당시의 현실에서 자신들을 유리시켰다고 페레다를 비난했다. 변호사라는 그의 직업에 대해선 그다지 언급할 것이 없다. 돈벌이를 하고 적을 만들기보다는 우정을 쌓았는데 그 성과가 적지 않았다. 판사가 될 기회를 잡고 더불어 국회의원 후보에 올랐지만 그는 주저 없이 법조계에서의 승진을 선택했다. 법조계의 보수가 정치판에서 격투를 벌이며 안정적으로 벌어들일 수 있는 수입보다 훨씬 적다는 걸 누구나 알았는데도 말이다.

하지만 3년 후 법조계에 환멸을 느낀 그는 공직에서 물러나 몇 년인지는 모르지만 한동안 독서와 여행을 즐졌다. 물론 그에게도 부인이 있었다. 결혼 전 이름은 허슈먼이었다. 듣자 하니 페레다가 그녀를 미친 듯이 사랑했다고 한다. 이를 증명할 당시의 사진이 있는데 그중엔 검은색 신사복을 입고 은빛이 도는 금발 여인과 탱고를 추는 페레다의 사진도 있다. 여인은 미소를 머금고 카메라를 주시하고 있으며 그의 눈은 몽유병자나 양의 눈처럼 오직 그녀만을 바라보고 있다. 불행히도 페레다 부인은 예기치 않은 죽음을 맞았다. 당시 쿠카는 다섯 살, 베베는 일곱 살이었다. 페레다는 젊은 나이에 상처했지만 절대 재혼하지 않았다. 그와 어울리던 사람 중에 페레다의 새 부인이 될 모든 조건을 갖춘 명망 있는 여자 친구들이(결코 애인은 없었다) 있었는데도 말이다.

페레다의 친한 친구 두엇이 그에게 재혼에 관해 물을 때면, 그는 한결같이 어린 자식들에게 새엄마가 생기는 부담(그는 견딜 수 없는 부담이라고 했다)을 주고 싶지 않다고 대답했다. 페레다는 당시에 아르헨티나가 짊어진 큰 문제가 바로 계모라고 생각했다. 그는 이렇게 말했다. 우리 아르헨티나인은 어머니가 없었거나 어머니가 투명 인간이었거나, 아니면 어머니가 우리를 고아원에 버렸어. 반면에 우리한텐 계모가 넘쳐 나지. 위대한 페론주의의 계모부터 시작해서 별의별 계모가 다 있지. 그리고 이렇게 결론지었다. 우린 라틴 아메리카 그 어느

---

4 라틴 아메리카의 라플라타 강과 파라나 강 유역 등에 있는 광대한 목축 지대인 팜파스의 카우보이.

5 Rodrigo Fresán(1963~). 아르헨티나 작가이자 기자로 1999년 스페인으로 건너갔으며 볼라뇨와 막역한 관계였다. 근작으로 『켄싱턴 공원 *Jardines de Kensington*』(2003), 『하늘의 밑바닥 *El fondo del cielo*』(2009)이 있다.

나라보다 계모가 뭔지 잘 알아.

 어쨌든 그의 삶은 행복했다. 그는 이렇게 말하곤 했다. 여긴 파리와 베를린이 완벽히 섞인 곳이니 부에노스아이레스에선 행복하지 않기가 어렵지. 물론 자세히 들여다보면 리옹과 프라하의 완벽한 조합이지만 말이야. 그는 매일 아이들과 같은 시각에 일어나 함께 아침 식사를 하고 아이들을 학교에 데려다 줬다. 오전에는 늘 적어도 두 종류의 신문을 읽고 11시경에 간식을(보통 고기와 순대류, 버터 바른 프랑스빵에 아르헨티나나 칠레산 포도주를 두세 잔 곁들였는데 특별한 경우엔 꼭 프랑스산 포도주를 마셨다) 먹고 나서 1시까지 낮잠을 즐겼다. 점심엔 텅 빈 커다란 식당에서 홀로 책을 읽으며 나이 든 가정부와 테두리에 은세공이 된 액자 속 죽은 아내의 흑백 눈이 보내는 무심한 시선 속에 수프와 약간의 생선, 퓌레로 가볍게 식사를 했는데, 음식이 식어 가도 개의치 않았다. 오후엔 아이들과 학교 수업을 복습하거나 쿠카의 피아노 수업과 베베의 프랑스어와 영어 수업을 조용히 참관하기도 했다. 이탈리아 성씨를 지닌 두 선생님은 집에서 수업을 했다. 가끔씩 쿠카가 한 곡을 온전히 연주할 수 있게 되면 가정부와 요리사도 연주를 들으러 왔다. 페레다는 자랑스러워하며 그들이 속삭이는 찬사의 말을 들었다. 처음엔 그들의 찬사가 과하다고 생각했지만 다시 곱씹어 보고선 그럴 만하다고 여겼다. 저녁엔 아이들에게 취침 인사를 하고 두 가정부에게 누가 오든 절대 문을 열어 주지 말라고 당부하고는 자신이 좋아하는 코리엔테 카페에 가서 친구들과 친구의 친구들의 얘기를 들으며 정확히 새벽 1시까지 머물

렀는데 절대 그 시간을 어기지 않았다. 페레다는 그들의 얘기를 몰랐기에 망정이지 이미 알던 거였다면 틀림없이 지루했으리라 생각했다. 그러고 나서 그는 모두 잠든 집으로 돌아왔다.

아이들은 어느새 장성하여 쿠카가 먼저 결혼을 하고 리우데자네이루로 떠났다. 베베는 문학을 업으로 삼았는데 문학계에서 승리를 거머쥐며 성공한 작가가 됐다. 페레다는 자랑스러워하며 둘째가 출판한 모든 책을 한 장 한 장 읽어 나갔다. 그때만 하더라도 아들이 함께 살았지만(집보다 나은 곳이 있겠는가?) 몇 해가 지나자 큰딸이 그랬듯 아들도 집을 떠났다.[6]

처음엔 고독을 삭여 보려 애썼다. 어느 과부도 만나 보고, 프랑스와 이탈리아를 여행하기도 하고, 레베카라는 젊은 아가씨를 만나기도 했지만 마침내는 어지러운 큰 서재를 정돈하는 데 만족했다. 베베가 1년간 미국의 모 대학에서 머물고 돌아왔을 때 페레다는 폭삭 겉늙어 있었다. 이를 걱정한 아들은 아버지를 홀로 두지 않으려고 영화관이나 극장에 데려 가곤 했으나 페레다는 깊은 잠에 빠져 버리기 일쑤였다. 어떤 때는 엘 라피스 네그로 카페에서 열리는 문학 모임에 고집스레(처음에만 그랬다) 데려가기도 했는데, 그곳에선 지역 문학상 수상 경력이 있는 작가들이 조국의 운명을 놓고 장광설을 늘어놓곤 했다. 페레다는 그 모임에서 입도 뻥긋하지 않았

---

[6] 볼라뇨의 착각인 듯하다. 애초엔 베베가 오빠이고 쿠카가 여동생이었으나 여기서는 베베가 둘째로 설정된다.

[7] Jorge Luis Borges(1899~1986). 20세기 라틴 아메리카 문학을 대표하는 아르헨티나 작가. 대표작으로 『픽션들 Ficciones』(1944), 『알레프 El Aleph』(1949) 등이 있다.

지만 아들의 동료들이 하는 말에 끌리기 시작했다. 문학 얘기를 할 때면 대놓고 따분해했다. 그에게 아르헨티나 최고의 작가는 보르헤스[7]와 자기 아들뿐이었고 그 외엔 누가 됐든 죄다 사족에 불과했다. 하지만 작가들이 국내외 정치를 얘기할 때면 전기 충격을 받은 듯 몸에 힘이 들어갔다. 그즈음부터 그의 일상 습관이 바뀌었다. 아침 일찍 일어나 서재의 낡은 책에서 자기도 모르는 뭔가를 찾기 시작했다. 오전엔 책을 읽었다. 더 이상 포도주를 마시지 않았고 지나치게 부담스러운 음식도 피했다. 그 두 가지가 판단력을 흐트러뜨린다고 생각했기 때문이다. 위생에 대한 습관도 바뀌었다. 이젠 집을 나서도 전처럼 단장하지 않았다. 매일 샤워하던 습관도 어느새 사라졌다. 한번은 넥타이도 매지 않은 채 신문을 읽으러 공원에 나갔다. 그의 오랜 친구들도 가끔은 새로운 페레다에게서 예전의 페레다, 어딜 봐도 나무랄 데 없던 변호사를 알아보는 데 애를 먹었다. 어느 날 잠에서 깬 페레다는 평소보다 신경이 곤두서 있었다. 퇴직 판사와 퇴직 기자와 점심 식사를 했는데, 먹는 내내 쉼 없이 웃어 댔다. 각자 코냑 한 잔을 마실 즈음, 마침내 전직 판사가 뭐가 그리도 재밌냐고 물었다. 그러자 페레다가 대답했다. 부에노스아이레스가 침몰하고 있어. 퇴직 기자는 페레다가 제정신이 아니라는 생각에 바다에 가서 해변의 맑은 공기를 마시라고 조언했다. 판사는 그다지 심각하게 받아들이지 않았다. 그는 페레다가 교묘히 질문을 회피했다고 생각했다.

그런데 며칠 후 아르헨티나 경제가 나락에 떨어졌다. 달러 당좌 예금이 동결됐고 미처 자금(혹은 예금)을 해

외로 빼돌리지 못한 사람들은 이내 수중에 아무것도 없음을 깨달았으며 채권과 어음은 보고만 있어도 소름이 끼쳤다. 기억 저편의 탱고와 국가(國歌)의 노랫말에서 어설프게 따온 약속들이 나돌았다. 내가 그럴 거라 했잖아. 페레다는 그의 말을 들으려는 사람들한테 그렇게 말했다. 이후, 페레다는 두 하녀를 데리고 수많은 부에노스아이레스 사람들이 당시에 하던 일을 따라 했다. 정부나 은행 혹은 누군가에게 사기당한 사람들이 입추의 여지 없이 들어찬 거리에서 일면식도 없는 사람들과 (그가 보기엔 살갑기 그지없었다) 길게 줄을 서서 오랫동안 얘기를 나눴다.

대통령이 사임하자 페레다는 냄비 시위에 참여했다. 그 시위가 다가 아니었다. 가끔씩 사회 각계각층의 노인들이 거리를 점령하기도 했는데, 페레다는 이유 없이 그게 좋아 보였으며 뭔가 변화하고 있다는, 어둠 속에서 뭔가 움직이고 있다는 신호로 받아들였다. 더욱이 금세 격렬해지게 마련인 피켓 시위에 참여하는 것도 거북해하지 않았다. 그 짧은 시기에 대통령이 세 번이나 바뀌었다. 아무도 혁명을 생각하지 않았으며 그 어떤 군인도 쿠데타를 감행하지 못했다. 페레다가 농장으로 돌아가기로 마음먹은 것도 그즈음이었다.

길을 떠나기에 앞서 페레다는 가정부와 요리사에게 자신의 계획을 들려주었다. 부에노스아이레스가 썩고 있어. 난 농장으로 가려네. 그가 말했다. 그들은 부엌 식탁에 둘러앉아 몇 시간을 얘기했다. 페레다만큼이나 농장에 자주 가본 요리사는 한 가정의 가장이자 학식 있고 자녀에게 훌륭한 가르침을 주려고 애쓰는 페레다 같은 사람에게 시골은 좋은 곳이 아니라고 말하곤 했다. 그녀의 기억에서 농장의 모습은 희미하게 사라져 중심도 없는 집으로, 쓰러질 것 같은 거대한 나무로, 들쥐일지도 모르는 그림자가 돌아다니는 곡식 창고로 변해 있었다. 그날 밤 부엌에서 차를 마시며 페레다는 이제 급료로 줄 수 있는 돈이 거의 바닥났다고 두 가정부에게 말했다(돈이 계좌 동결로 묶였으니 모두 날렸다는 의미였다). 그리고 함께 시골로 가자고 제안했다. 거기에 가면 최소한 굶어 죽을 일은 없으리라 생각했기 때문이다.

요리사와 하녀는 그 말에 안타까워했다. 얘기를 나누다 변호사가 어느 순간 눈물을 쏟고 말았다. 두 사람은 그를 위로하려고 돈 걱정은 말라며 보수를 받지 못해도 계속 일하겠노라 했다. 변호사는 대꾸조차 못 하게 말을 막았다. 나는 이제 포주가 될 만한 나이가 아닐세. 그가 미소를 지으며 말했는데, 그건 용서를 구하는 나름의 표현이었다. 다음 날 아침 페레다는 짐을 챙겨 택시를 타고 역으로 향했다. 두 가정부가 길가에 나와 그를 배웅했다.

길고 단조로운 기차 여행에서 그는 마음 가는 대로 생각에 잠길 수 있었다. 출발할 땐 객차가 사람들로 북적였다. 그들의 대화에서 그가 알아들은 주제는 주로 두 가지였는데, 국가 파산 상황과 한일 월드컵에 대비한 아르헨티나 국가 대표 팀 구성이었다. 그 무리 지은 사람들을 보고 페레다는 오래전에 본 미국 영화「닥터 지바고」에서 모스크바를 떠나는 기차를 떠올렸다. 물론 그 감독의 영화에 나오는 러시아 기차에서 사람들이 빙판의 하키나 스키 얘기를 한 건 아니지만 말이다. 우린 대책이 없어, 그는 생각했다. 하지만 이론적으로 열한 명의 아르헨티나인이 패할 리 없다는 데는 생각이 같았다. 밤이 내리고 잡담 소리가 잦아들자 변호사는 외국으로 떠난 쿠카와 베베, 그리고 살갑게 지내던 여인들이 생각났다. 다시 추억할 줄은 꿈에도 몰랐던 그 여인들이 망각으로부터, 발설을 차단하고 있는 표피로부터 소리 없이 흘러나와 평온 아닌 어떤 평온을, 모험 아닌 어떤 모험 같은 느낌을 주며 정신을 혼미하게 하는 것 같았다.

기차가 이내 팜파스를 질주하기 시작했다. 변호사는 차가운 유리창에 기대 잠들었다.

잠에서 깨고 보니 객차의 반이 비어 있었고 옆자리에는 인디오 혈통의 한 사내가 배트맨 만화를 보고 있었다. 예가 어딘가? 그가 물었다. 코로넬 구티에레스입니다. 사내가 답했다. 아, 그렇군, 나는 카피탄 주르단으로 가는데, 페레다는 생각했다. 그리고 자리에서 일어나 기지개를 켜고 다시 앉았다. 황무지 위로 토끼가 기차와 경주하듯 달리고 있었다. 선두 토끼 뒤로 다섯 마리가 뒤따랐다. 선두 토끼는 눈을 부릅뜨고 차창 옆에 붙어 달리고 있었는데 기차와의 경주에 초인간적인(변호사는 초토끼적이라 생각했다) 힘을 쏟는 것 같았다. 반면 뒤따르던 토끼들은 투르 드 프랑스 사이클 선수들의 추격전처럼 탠덤 레이스를 벌이는 것 같았다. 교대하는 토끼가 도약 두 번으로 치고 나가자 선두로 가던 토끼가 마지막 자리로 내려가고 세 번째 토끼는 두 번째 자리로, 네 번째 토끼는 세 번째로 옮겨 갔다. 토끼 그룹은 그런 식으로 변호사의 차창 아래로 혼자 달리는 토끼와의 거리를 좁혀 가고 있었다. 토끼들이! 이런 해괴한 일이! 그는 생각했다. 한편, 황무지엔 아무것도 보이지 않았다. 성긴 초지가 끝없이 광활하게 펼쳐져 있었고 낮게 깔린 거대한 구름은 어느 마을에 내려와 닿은 게 아닌지 의심스러울 정도였다. 카피탄 주르단에 가는가? 배트맨을 읽던 사내에게 물었다. 사내는 휴대용 박물관을 둘러보듯, 아주 사소한 것도 놓칠 수 없다는 듯 만화책에 몰두하고 있었다. 아니요, 저는 엘 아페아데로에서 내립니다. 그가 대답했다. 페레다는 기억을 더듬어 봤지만 그런 이름의 역은 기억나지 않았다. 그게 뭐요? 역 이름인가 아니면 공장인가? 페레다가 물었다. 역입니다. 인디오 혈통의 사내가 그를 뚫어지게 쳐다보더니 대답했다. 내가 귀찮게 한 모양이군, 페레다는 생각했다. 질문이 적절치 않았어, 평소 같으면 나처럼 신중한 사람이 할 질문이 아닌데, 팜파스가 나를 직설적이고 남자답고 과감하게 물어보게 한 거야, 그는 생각했다.

다시 차창에 이마를 기대었을 땐 추적 토끼들이 벌써 외톨이 토끼를 따라잡아 광포하게 녀석을 덮치더니 음식을 갉아 먹는 그 긴 이빨과 발톱을 꽂아 넣었다. 놀란 페레다는 잡힌 토끼의 몸을 살펴봤다. 기차가 멀어지면서 형체가 불분명한 황갈색 털가죽 덩어리가 기찻길 옆으로 흩어지는 게 보였다.

카피탄 주르단 역에서 내린 사람은 그와 두 아이를 데리고 내린 여자가 전부였다. 플랫폼은 반은 목재로 반은 시멘트로 되어 있었다. 아무리 둘러봐도 역무원이 보이지 않았다. 여자와 아이들은 길을 따라 나아갔다. 그들은 멀어지며 작아져 갔다. 변호사는 그들이 지평선으로 사라질 때까지 45분이 넘게 걸렸다고 계산했다. 지구가 둥근 게 맞나? 페레다는 생각했다. 그럼, 둥글지! 그리 자문자답을 하고는 역무원실 벽에 붙어 있는 낡은 나무 벤치에 앉아 시간을 죽였다. 자연스레 보르헤스의 단편소설 「남부」가 떠올랐고 마지막 단락의 풀페리아[8]가 연상되자 그의 눈이 젖어 들었다.[9] 또한 베베가 쓴 마지막 소설의 내용을 떠올리며 미국 중서부 어느 대학의 불편한 방에서 컴퓨터로 글을 쓰고 있을 아들을 그려 봤다. 베베가 돌아와 내가 농장에 내려온 걸 알게 되면……. 그는 생각에 잠겼다. 따사로운 볕과 팜파스에서 밀려오는 미지근한 미풍에 졸음이 쏟아지더니 결국 잠들고 말았다. 누군가의 손이 그를 흔들어 깨웠다. 그와 비슷한 나이 대에 낡은 제복을 입은 역무원이 여기서 대체 뭘 하느냐고 물었다. 그는 알라모 네그로 농장의 주인이라고 답했다. 남자가 잠시 그를 지긋이 쳐다보더니 말했다. 판사 양반이시구먼. 그렇소, 한때 판사였지요, 페레다가 말했다. 판사 양반, 나 모르겠소? 페레다는 주의 깊게 그를 살폈다. 제복도 새로 바꾸고 머리도 서둘러 잘라야 할 것 같았다. 고개를 저었다. 나 세베로 인판테야, 우리 어렸을 때 친구였잖아. 그가 말했다. 거참,

---

8 생활용품을 비롯해 음식과 주류를 취급하는 가게.
9 보르헤스의 단편 「남부El sur」는 인디오들을 상대로 싸우다 영웅적으로 죽은 아르헨티나군 장교의 외손자이자 독일 출신 목사의 손자인 후안 달만에 대한 이야기다. 그는 어느 날 『천일야화』의 이본을 발견한 기쁨에 계단을 급히 오르다 창틀에 머리를 부딪쳐 패혈증에 걸린다. 병원에서 퇴원한 후, 요양을 위해 농장으로 가기로 결정하고 기차를 타고 남부로 향한다. 어느 역에 내린 달만은 풀페리아에 들어갔다가 인디오와 시비가 붙는데, 늙은 가우초가 그에게 단도를 던져 준다. 달만은 칼을 잡는 순간 자신의 죽음이 정당화되리라는 걸 알면서도 칼을 쥐고 평원으로 나간다.

그리 오래전인데 어찌 기억하나. 페레다가 대답했다. 페레다는 자기 쓴 단어는 물론이고 목소리조차 낯설게 느껴졌는데, 카피탄 주르단의 공기가 그의 성대나 목을 강하게 만든 것 같았다.

그렇겠구먼, 그럴 만도 하겠어, 판사 양반, 그래도 이건 축하할 일이야. 세베로 인판테가 말했다. 역무원은 캥거루처럼 폴짝거리며 매표소 안으로 들어가더니 술병과 잔을 들고 나왔다. 자네 건강을 위하여, 그렇게 말하며 페레다에게 잔을 건네고는 순알코올 같은 투명한 술을 절반 정도 채웠는데 불탄 대지나 돌 같은 맛이 났다. 페레다는 한 모금 맛을 보고 벤치 위에 잔을 내려놓으며 술을 끊었노라 말했다. 그리고 자리에서 일어나 자기 농장이 어느 쪽이냐고 물었다. 두 사람은 뒷문으로 나갔다. 카피탄 주르단은 이 방향일세, 마른 웅덩이를 건너기만 하면 돼. 세베로가 말했다. 알라모 네그로는 다른 쪽으로 좀 멀리 떨어져 있지만 그래도 낮에 가면 길 잃을 염려는 없을 걸세. 건강하시게, 페레다는 말을 건네고 농장 쪽으로 길을 잡았다.

안채는 거의 폐허나 다름없었다. 그날 밤은 추웠다. 페레다는 나무를 모아 불을 지피려 했지만 아무것도 찾지 못하고 결국 외투를 몸에 말고 가방을 베개 삼아 내일은 새날이 되리라 생각하며 잠들었다. 동틀 녘 첫 햇살에 일어났다. 우물은 아직 쓸 만했지만 두레박은 온데간데없고 밧줄은 썩어 있었다. 밧줄과 두레박을 사야겠군, 그는 생각했다. 기차에서 산 땅콩 봉지에 남은 걸로 아침을 때우고 농장의 천장 낮은 방 여러 개를 살펴봤다. 이윽고 카피탄 주르단으로 갔다. 그런데 그 길에 소는 온데간데없고 토끼만 보이는 게 이상했다. 그는 언짢은 기분으로 토끼들을 지켜봤다. 가끔씩 펄쩍펄쩍 뛰기도 하고 그에게 다가오기도 했지만 팔을 휘젓기만 해도 물러났다. 한 번도 총기류에 끌린 적이 없었는데 그 순간만큼은 총이 있었으면 했다. 그것 빼곤 출타길은 괜찮았다. 맑은 공기에 하늘은 청명했으며 춥지도 덥지도 않았다. 이따금 팜파스 위로 홀로 서 있는 나무들이 눈에 들어왔는데 그 풍광에 시상에 젖기도 했다. 마치 나무와 메마른 팜파스의 그 간결한 풍경이 오직 자기를 위해 굳건히 인내하며 기다리고 있었다는 듯이 말이다.

카피탄 주르단에 포장된 길이라곤 없었다. 집 외벽엔 먼지 부스럼이 켜켜이 쌓여 있었다. 마을에 들어서자 플라스틱 조화가 담긴 화분 옆에서 한 남자가 졸고 있었다. 세상에나, 될 대로 돼라구먼, 그는 생각했다. 중앙광장은 널찍했다. 벽돌로 된 시청 건물은 버려진 짜리몽땅한 주변 건물에 희미하게나마 문명의 기운을 불어넣고 있었다. 페레다는 광장에 앉아 담배를 피우는 정원사에게 철물점이 어딘지 물었다. 정원사는 호기심 어린 눈으로 그를 보더니 마을에 하나밖에 없는 철물점 문 앞까지 그를 데려다 줬다. 인디오 주인은 가게에 있는 밧줄 40미터를 페레다에게 모두 팔았다. 페레다는 혹여 풀린 올이 있을까 하여 오랫동안 밧줄을 살펴봤다. 물건을 다 고른 페레다가 말했다. 내 앞으로 달아 두시게. 인디오는 어안이 벙벙하여 그를 쳐다봤다. 누구 앞으로

---

10 파타고니아와 팜파스의 원주민이 쓰던 사냥 도구. 긴 줄에 두세 개의 돌이 달려 있으며 가우초가 말이나 소를 잡을 때 사용했다.
11 봄바차는 통이 넓고 옆이 터진 바지, 치리파는 허리 가리개를 말한다.

말이오? 그가 물었다. 마누엘 페레다요, 구입한 물건들을 철물점 한구석에 쌓아 두며 페레다가 말했다. 뒤이어 어디서 말을 살 수 있는지 인디오에게 물었다. 인디오가 어깨를 으쓱했다. 여긴 이제 말이 없어요, 토끼밖에는, 그가 말했다. 페레다는 농담인 줄 알고 짧게 마른 웃음을 보였다. 문턱에서 지켜보던 정원사가 돈 둘세 농장에서 적마를 구할 수 있을 거라 했다. 페레다가 농장의 위치를 알려 달라고 하자 정원사가 두어 블록을 지나 돌무더기가 쌓인 공터까지 그를 안내했다. 거기서부턴 온통 평원이었다.

농장 이름은 미 파라이소였다. 알라모 네그로만큼 버려진 농장으로 보이진 않았다. 닭들이 마당을 쪼고 있었다. 경첩이 떨어진 창고 문을 누군가 한쪽 벽에 기대 놨다. 인디오 혈통의 아이들은 볼레아도라스[10]를 갖고 놀고 있었다. 안채에서 한 여인이 나와 그에게 인사를 건넸다. 페레다는 물 한 잔을 부탁했다. 물을 마시면서 말을 살 수 있는지 물었다. 여인은 주인이 올 때까지 기다리라 하고는 다시 집으로 들어갔다. 페레다는 물탱크 옆에 앉아서 마당에 절인 고기라도 있는 양 사방에서 달려드는 파리 떼를 쫓으며 시간을 보냈다. 물론 절인 음식이라고는 몇 년 전 어느 상점에서 직수입한 영국산 피클을 사본 게 전부였다. 한 시간쯤 지나 지프차 소리가 들리자 그는 자리를 털고 일어났다.

돈 둘세는 작은 키에 피부는 벌겋고 눈이 파랬으며, 날이 쌀쌀해질 시간인데도 짧은 반팔 셔츠를 입고 있었다. 뒤이어 돈 둘세보다 키가 작고 봄바차와 치리파[11]를 걸친 가우초가 차에서 내려 힐끗 그를 쳐다보고는 토끼

가죽을 창고로 옮기기 시작했다. 페레다는 자기가 누군지 밝혔다. 알라모 네그로 농장의 주인인데 농장 보수에 말이 필요하다고 했다. 돈 둘세는 그에게 식사를 대접했다. 페레다와 앞서 봤던 부인, 아이들, 가우초, 그리고 돈 둘세가 식탁에 둘러앉았다. 벽난로는 난방이 아니라 고기 굽는 데 쓰고 있었다. 페레다는 발효하지 않은 빵이 효모를 쓰지 않는 유대인의 딱딱한 빵 같다고 생각했다. 그는 유대인이었던 아내를 떠올리며 향수에 젖었다. 하지만 미 파라이소 농장의 누구도 유대인 같아 보이진 않았다. 돈 둘세는 크리오요[12] 말투를 썼지만, 페레다는 그가 비야 룰로[13]에서 자랐으며 상대적으로 팜파스에 산 지 오래되지 않았다는 것을 짐작게 하는 그의 말 속 전형적인 부에노스아이레스식 표현들을 놓치지 않았다.

말을 구입하는 데는 문제 될 게 없었다. 말이 한 필밖에 없어서 말을 골라야 하는 수고를 덜었다. 지불하는 데 한 달이 걸릴 수도 있다고 했지만 돈 둘세는 개의치 않았다. 저녁 식사를 하는 동안 말 한 마디 없던 가우초는 믿지 못하겠다는 눈으로 페레다를 쳐다봤지만 말이다. 헤어질 때가 되자 그들이 말에 안장을 얹어 주며 그

12 *criollo*. 일반적으로 식민지에서 태어난 유럽 혈통의 자손을 지칭하는 말이다. 여기서는 19세기 말에서 20세기 초에 유럽 이민자가 급증하면서 토착 세력이던 크리오요와 대립 관계를 형성하던 아르헨티나의 역사적 맥락을 담고 있다.

13 부에노스아이레스의 행정 구역.

14 보르헤스의 단편 「마가복음El evangelio según Marcos」에서 〈부엌에 기타가 하나 있었다. 내가 말을 꺼내기도 전에 촌부들이 둘러앉았다. 누군가 기타를 튕기고 있었지만 연주를 한 건 아니었다. 이걸 기타 훑기라 했다〉는 부분과 연결된다.

가 가야 할 방향을 일러 줬다.

말을 타본 게 대체 얼마만이야? 페레다는 생각했다. 페레다는 순간적으로 부에노스아이레스의 안락함과 널찍한 의자에 익숙한 자기의 뼈가 부러지지나 않을까 걱정했다. 밤은 늑대의 입처럼 어두웠다. 페레다는 이 표현이 멍청한 소리 같았다. 분명 유럽의 어두운 밤은 늑대의 입 같겠지만 아메리카의 밤은 그렇지 않다. 차라리 아메리카의 밤은 공허함, 붙잡을 게 없는 곳, 허공의 공간, 완전한 노천, 위아래로 텅 빈 어둠이었다. 무탈하시오, 돈 둘세가 소리치는 말이 들렸다. 하늘에 맡겨야지요, 어둠 속에서 그가 대답했다.

농장으로 돌아오는 길에 그는 두 번이나 잠들어 버렸다. 처음 잠들었을 때는 꿈속에서 부에노스아이레스 같은 거대한 도시 위로 안락의자들이 비처럼 쏟아져 내리는 게 보였다. 그런데 그 의자에 돌연 불이 붙더니 도시의 하늘을 밝히며 타올랐다. 다음 꿈에서 페레다는 아버지와 말을 타고 알라모 네그로를 떠나는 꿈을 꿨다. 그의 아버지는 슬퍼 보였다. 언제 돌아와요? 소년이 아버지에게 물었다. 다시는 돌아오지 않을 거란다, 마누엘리토. 아버지가 말했다. 그가 마지막 꾸벅임에 잠에서 깨보니 이미 카피탄 주르단의 어느 길에 들어서 있었다. 길모퉁이에 영업 중인 풀페리아가 보였다. 사람들의 목소리와 기타 연주 소리가 들렸는데 보르헤스의 책에서 읽은 것처럼, 여기서도 특정한 곡을 연주하는 게 아니었다.[14] 그는 잠시 자신의 운명, 이 엿 같은 아메리카인의 운명이 달만의 운명과 비슷하다고 생각했다. 하지만 그건 불공평해 보였다. 마을에 빚을 지고 있는 데다 아직 죽을 준비가 되지 않았다고 생각했기 때문이다. 물론 죽을 준비가 된 사람은 없다는 걸 잘 알고 있었지만 말이다. 페레다는 생각지도 못한 어떤 느낌에 이끌려 말을 탄 채 풀페리아에 들어가고 말았다. 풀페리아 안에는 기타를 치는 늙은 가우초와 주인, 그리고 두 사람보다 훨씬 젊어 보이는 세 사람이 탁자에 둘러앉아 있었는데 말이 들어오자 혼비백산했다. 페레다는 디 베네데토의 단편에 나오는 장면[15] 같다는 생각에 아주 흡족해했다. 하지만 굳은 얼굴로 아연판이 덮인 바에 다가가 아구아르디엔테[16] 한 잔을 주문했다. 한 손으로는 술을 마시고 다른 한 손으로는 몰래 채찍을 붙잡았는데, 그건 그곳 사람들이 전통적으로 소지하고 다니는 파콘[17]을 아직 사지 못했기 때문이었다. 주인에게 자기 앞으로 외상을 달아 두라 하고 풀페리아를 나서면서 젊은 가우초들 옆을 지나치게 되자 그는 자신의 위엄을 확인할 심산으로 침을 뱉겠다며 그들에게 멀찍감치 비키라고 했다. 뒤이어 그가 통렬히 가래침을 뱉어 내자 놀란 가우초들은 뭐가 뭔지도 모른 채 펄쩍 뛰기만 했다. 무탈하시게, 카피탄 주르단의 어둠 속으로 사라지면서 그가 말했다.

그 뒤로 페레다는 매일 말을 타고 마을에 갔다. 말에겐 호세 비앙코[18]라는 이름을 붙여 주었다. 보통은 농장

---

15 Antonio Di Benedetto(1922~1986). 아르헨티나 작가. 페레다가 말을 타고 풀페리아에 들어가는 장면은 베네데토의 단편 「아바야이*Aballay*」의 서사 모티브를 가져온 것이다. 이 단편의 주인공 아바야이는 고대 성인이 기둥 위에서 고행을 했다는 신부의 말을 듣고 살인에 대한 죄를 씻고자 말에서 내려오지 않는 고행을 실행한다.
16 소주와 비슷한 높은 도수의 증류주.
17 남미 가우초들이 결투나 생활용으로 소지하는 긴 칼.
18 José Bianco(1908~1986). 아르헨티나 작가.

을 보수하는 데 필요한 물건을 사러 갔지만 정원사, 풀페리아 주인, 철물점 주인과 잡담을 하며 시간을 보내기도 했다. 그들의 상품은 매일 줄어 갔지만 각자 받아야 할 돈은 쌓여 갔다. 머지않아 이 모임에 다른 가우초들과 장사꾼들이 끼어들었고 아이들도 페레다의 이야기를 들으러 오곤 했다. 사실 그다지 재밌는 얘기가 아닌데도 사람들의 이목을 끌었다. 예를 들어, 예전에 호세 비앙코 같은 말이 있었는데 경찰과의 난투 중에 죽었다고 했다. 난 운 좋게 판사였지. 경찰은 판사나 전직 판사를 만나면 꼬리를 내려. 그가 말했다.

경찰은 질서야. 반면에 판사는 정의지. 차이를 알겠어, 이 친구들아? 그가 말했다. 가우초들은 그의 말에 수긍했다. 하지만 모두가 이해하고 그런 건 아니었다.

가끔 기차역에 들르면 친구 세베로가 어린 시절의 짓궂은 장난을 추억하며 즐거워했다. 페레다는 속으로 세베로가 생긴 것만큼 멍청했을 리 없다고 생각했다. 하지만 그는 세베로의 얘기를 그저 들어 주다가 세베로가 제풀에 지치거나 잠이 들면 플랫폼에 나가 자기에게 편지를 가져다줄 기차를 기다리곤 했다.

마침내 편지가 왔다. 요리사는 그에게 부에노스아이레스의 삶이 힘겹다고 전하면서 걱정 말라고, 자기와 가정부가 이틀에 한 번꼴로 집에 들르고 있으니 집은 깨끗하다고 전했다. 동네 이웃들은 경제 위기로 급작스러운 무질서에 빠진 것 같지만 페레다의 집은 늘 그랬듯이 깨끗하고 안정적이며 살기 좋다고, 어쩌면 예전보다 더 나을 거라 했는데, 그건 물건을 거의 쓰지 않으니 소모될 게 없어서라고 했다. 뒤이어 그녀는 이웃들에 관한 자잘

한 소문도 들려줬는데, 모두들 사기를 당했다고 생각하고 있으며 이 터널 끝을 밝혀 줄 빛이 없다는 숙명론에 젖어 있다고 했다. 요리사는 모든 게 그 도둑놈 패거리인 페론주의자들의 과오라고 했고, 그녀보다 과격한 가정부는 모든 정치인뿐만 아니라 아르헨티나 전 국민에게 죄를 뒤집어씌우면서 무지몽매한 아르헨티나 국민이 결국엔 받아 마땅한 벌을 받고 있다고 했다. 그녀들은 페레다에게 송금할 방법에 골몰하고 있었고, 페레다도 이를 전적으로 신뢰하고 있었지만, 그녀들은 송금 중에 거지새끼들이 돈을 훔치지 못하게 할 방법을 아직 찾지 못했다고 했다.

해 질 녘 서둘러 알라모 네그로로 돌아오다 보면 전에 없던 무너진 농장들이 저 멀리 보이곤 했다. 가끔은 거기서 가느다란 연기가 피어올라 팜파스의 드넓은 하늘 속으로 사라졌다. 돈 둘세와 그의 가우초가 타고 다니는 차와 마주치면 각자 지프와 호세 비앙코에 탄 채 담배를 피우며 잠시 얘기를 나눴다. 돈 둘세는 팜파스를 다니며 토끼 사냥을 했다. 한번은 페레다가 어떻게 사냥하느냐고 묻자 돈 둘세가 가우초에게 덫을 보여 주라고 했는데 쥐덫과 새장을 결합한 모양이었다. 어쨌든 지프엔 토끼는 보이지 않고 털가죽만 있었는데, 이는 덫을 놓은 바로 그 자리에서 가우초가 토끼의 가죽을 벗겼기 때문이었다. 헤어지면서 페레다는 돈 둘세가 하는 일이 아르헨티나를 부강하게 하기는커녕 오히려 쇠락하게 한다고 생각했다. 진짜 가우초가 토끼 사냥으로 산다는 게 말이 돼? 그는 생각했다. 그리고 손바닥으로 부드럽게 말을 다독이며, 자, 가자 호세 비앙코, 가자, 하고 말하며 농장으로 돌아갔다.

어느 날 요리사가 농장에 나타났다. 돈을 가져왔다. 역에서 농장까지 오는 길의 반은 그녀를 말 궁둥이에 태웠고 또 반은 말없이 팜파스를 바라보며 함께 걸어왔다. 그즈음 농장은 페레다가 왔을 때보다 훨씬 살 만한 곳으로 변해 있었다. 토끼 구이로 식사를 한 후, 요리사가 램프 불빛 아래서 가져온 돈을 건네주며 돈이 어디서 났는지 또 그 돈을 만들려고 세간 살림 중 무엇을 헐값에 팔아야 했는지 얘기해 줬다. 페레다는 돈을 세어 보지도 않았다. 다음 날 아침, 잠에서 깬 페레다는 요리사가 밤새 몇 개의 방을 정리했음을 알았다. 페레다가 그 일을 두고 부드럽게 그녀를 나무라자 그녀가, 돈 마누엘, 여긴 돼지우리나 마찬가지예요, 라고 말했다.

이틀 후, 요리사는 변호사의 만류에도 아랑곳 않고 기차를 타고 부에노스아이레스로 돌아갔다. 부에노스아이레스가 아닌 곳에선 제가 딴사람이 된 기분이에요. 기차를 기다리며 그녀가 말했다. 플랫폼엔 그들밖에 없었다. 게다가 딴사람이 되기에 난 너무 늙었죠. 여자들은 늘 똑같군, 페레다는 생각했다. 모든 게 변하고 있어요, 요리사가 말했다. 도시는 부랑자가 우글댔고 생각 있는 사람들은 어떻게든 끼니를 때우려고 동네에서 공동으로 음식을 차렸다. 공식 화폐 외에 열 종이 넘는 화폐가 생겨났다. 누구도 지루할 틈이 없었다. 절망에 빠졌지만 지루하진 않았다. 그녀의 말을 들으며 페레다는 철로 건너편에 모여든 토끼를 지켜보고 있었다. 토끼들이 두 사람을 보고는 펄쩍 뛰며 들판으로 사라졌다. 가끔은 이 땅이 이나 벼룩으로 들끓는 것 같군, 변호사는 생각했다. 그는 요리사가 가져온 돈으로 외상을 갚고, 처진 농장 지붕을 고치려고 가우초 두 명을 고용했다. 문제는 그가 목공에 까막눈인데 가우초들은 그보다 더 했다는 것이다.

한 명은 호세라는 이름에 일흔 살은 족히 넘어 보였다. 말은 갖고 있지 않았다. 다른 한 명은 캄포도니코였는데 호세보다 젊어 보이긴 했지만 나이가 더 많을 수도 있었다. 둘은 봄바차를 입고 토끼 가죽으로 손수 만든 모자를 쓰고 다녔다. 두 사람 다 가족이 없어서 얼마 지나지 않아 알라모 네그로에 들어와 살았다. 페레다는 밤이면 화톳불을 피우고 자기가 상상하던 모험을 들려주며 시간을 보냈다. 그는 아르헨티나, 부에노스아이레스, 팜파스 중 어디가 더 좋으냐고 물어봤다. 아르헨티나는 소설이야, 그러니 가짜거나 최소한 거짓이란 말이지, 그가 말했다. 부에노스아이레스는 도둑놈과 눈꼴사나운 놈들의 땅이야, 지옥이나 다름없지. 거기선 여자만이 가치 있는 사람들이야. 아주 드물긴 하지만 작가들도 그렇긴 하지. 반대로 팜파스는 영원해. 무한한 묘지는 인간이 찾을 수 있는 최고의 것이지. 무한한 묘지가 상상이 돼, 이 친구들아? 그들에게 물었다. 가우초들은 미소를 띠며 솔직히 그런 걸 상상하긴 어렵다면서 묘지는 사람을 위한 것이고 사람은 그 수가 아무리 많아 봐야 결국 유한한 존재라고 했다. 내가 말한 묘지란 영원성을 그대로 복제한 것일세, 페레다가 대답했다.

페레다는 남은 돈으로 코로넬 구티에레스에서 암말과 망아지 한 마리를 샀다. 암말은 사람이라도 태웠지만 망아지는 도무지 쓸데가 없는 데다 아주 조심스레

다뤄야 했다. 일에 질리거나 일이 없어 지루해질 때면 인부들과 카피탄 주르단에 갔다. 페레다는 호세 비앙코를 타고 인부들은 암말에 올랐다. 페레다가 풀페리아에 들어서면 사람들은 정중히 침묵을 지켰다. 몇은 카드놀이를 또 몇은 체커를 하고 있었다. 우울한 성격의 시장이 그 자리에 끼기라도 하면 늘 기개 있는 네 명이 날이 새도록 모노폴리 게임을 했다. 페레다에게 노름이란(모노폴리뿐만 아니라) 비열하고 모욕적인 것이었다. 그는 풀페리아를 사람들이 담소를 나누거나 남들이 하는 얘기를 조용히 경청하는 곳이라고 생각했다. 풀페리아는 텅 빈 강연장 같은 곳이야. 연기 자욱한 교회 같은 것이지.

다른 지역의 가우초나 떠돌이 장사치가 풀페리아에 나타나는 밤이면, 페레다는 싸움을 걸고 싶어 안달이 났다. 심각한 건 아니고 그저 싸우는 시늉이라도 해보고 싶었던 건데, 그래도 술 취해 몽둥이를 휘두르기보다는 칼로 싸우고 싶어 했다. 또 때로는 두 가우초 틈에서 잠들기도 했는데, 그럴 때면 자식들과 손을 잡고 있는 아내 꿈을 꿨다. 꿈에서 아내는 야만스러운 그를 질책했다. 이 나라의 딴 사람들은 안 그런가? 변호사가 대답했다. 그건 변명이 될 수 없어요, 부인이 그를 타박했다. 변호사는 부인의 말이 옳다는 생각에 두 눈에 눈물이 젖어 들었다.

하지만 보통은 평온한 꿈을 꿨고 아침에 일어나면 활기에 넘쳐 일할 맘이 났다. 사실 알라모 네그로엔 할 일이 많지 않았다. 농장 안채의 지붕을 고치는 일은 재앙에 가까웠다. 변호사와 캄포도니코는 밭을 일궈 보려고 코로넬 구티에레스에서 씨종자를 사 왔지만 흙은 그 어떤 낯선 씨앗도 받아들이지 않았다. 한동안 변호사는 〈나의 종마〉라 이름 붙인 망아지를 암말과 교배하려 애썼다. 암말이 망아지를 낳기만 한다면야 더 바랄 게 없었다. 그는 단시일에 네 번째 말이 태어나면 모든 게 잘 풀릴 거라 상상했다. 하지만 어린 수말이 암말에 올라타려 하지 않는 데다 사방 수 킬로미터 내에는 교배할 다른 수말도 없었다. 가우초들은 도살장에 말을 내다 팔고 이젠 팜파스의 끝없는 길을 걷거나 자전거를 타거나 지나는 차를 잡아타고 다녔다.

페레다는 가우초들에게, 우린 아주 제대로 고꾸라졌어, 그래도 아직 인간으로서 일어설 순 있어, 인간다운 죽음을 맞을 수도 있고, 라고 말했다. 살아남으려면 그 역시 토끼 덫을 놓아야 했다. 해가 저물 때면 페레다는 농장을 나와 호세와 캄포도니코한테 늙은이라는 별명을 지닌 가우초를 붙여 주며 덫을 비우는 일을 시켜 놓고 자기는 멀리 폐허가 된 농장으로 향했다. 그곳에서 만난 사람들은 페레다가 부리는 가우초들보다 젊었지만 말주변이라고는 없는 데다 워낙 신경질적인 사람들이라 식사에 초대할 가치조차 없었다. 어떤 곳엔 아직 쓸 만한 울타리가 서 있었다. 이따금씩 페레다는 말에 탄 채 철로에 다가가 말과 더불어 풀줄기를 씹으며 오랫동안 기차가 지나가기를 기다렸다. 하지만 그곳이 아르헨티나 지도에서도 사람의 기억에서도 지워졌는지 기차가 지나가지 않을 때도 있었다.

어느 날 오후, 망아지와 암말로 되지도 않을 교배를 시도하고 있는데 팜파스를 가로질러 곧장 알라모 네그로로 달려오는 자동차가 보였다. 자동차가 마당에 멈추더니 사내 넷이 차에서 내렸다. 페레다는 아들을 얼른 알아보지 못했다. 베베도 마찬가지로 무성한 턱수염에 길게 늘어진 머리를 묶고 봄바차 차림으로 햇볕에 그을린 웃통을 드러낸 노인을 바로 알아보지 못했다. 내 영혼의 아들이 왔구나, 내 핏줄, 내 삶의 이유인 내 아들이. 페레다는 아들을 얼싸안으며 말했다. 베베가 부에노스아이레스의 작가 친구 둘과 책과 자연을 사랑하며 여행 경비를 대준 편집인 이바롤라를 소개하려고 말을 끊지 않았다면 페레다는 말을 멈추지 않았을 것이다. 그날 밤 변호사는 아들과 함께 온 손님을 위해 마당에 크게 불을 지피라 하고 카피탄 주르단에서 가장 기타를 잘 치는 가우초를 데려와 그에게 기타를 치되 팜파스식으로 특정한 곡을 연주하지 말라고 일렀다.

더불어 카피탄 주르단에서 포도주 10리터와 아구아르디엔테 1리터를 그에게 보냈는데, 호세와 캄포도니코가 시장의 소형 트럭으로 운반해 왔다. 또한 토끼 고기를 모아 인원수대로 구웠다. 하지만 도시인들이 그런 종류의 고기를 썩 좋아하는 것 같진 않았다. 그날 밤, 가우초들과 부에노스아이레스 사람들 외에 서른 명이 넘는 사람들이 모닥불 주위로 모여들었다. 파티를 시작하기 전에 페레다는 촌사람들은 토끼를 죽이는 일도 힘겨워하는 평화로운 사람들이니 싸움도 엉뚱한 짓도 하지 않기를 바란다고 목청 높여 말했다. 그렇게 일러두고도 페레다는 방 하나를 지정해 파티에 온 사람들의 칼과 단도를 보관할까 생각했다. 하지만 그건 좀 지나치다고 할 거라는 생각이 들었다.

새벽 3시가 되자 예의를 아는 사람들은 카피탄 주르단으로 돌아가기 시작했다. 농장에 남은 청년 몇몇이 어찌할 바를 모르고 있었다. 음식과 술이 떨어진 데다 부에노스아이레스에서 온 사람들이 벌써 잠자리에 든 탓이었다. 다음 날 아침 베베는 함께 부에노스아이레스로 돌아가자고 페레다를 설득했다. 그곳 문제가 조금씩 해결되고 있고 개인적으로 자기 상황도 나쁘지 않다고 말했다. 그가 가져온 많은 선물 중에는 책도 한 권 있었는데, 베베가 아버지에게 책을 건네주며 스페인에서 출판했다고 말했다. 이제 저는 라틴 아메리카에서 인정받는 작가가 됐어요, 베베가 아버지에게 말했다. 변호사는 솔직히 그 말이 무슨 말인지 이해하지 못했다. 페레다는 아들한테 결혼했느냐고 물었다. 베베가 아니라고 하자 페레다는 인디오 여자를 만나 알라모 네그로에서 살라고 조언했다.

인디오 여자라, 그의 말을 따라 하는 베베의 목소리가 변호사에겐 꿈결처럼 들렸다.

아들이 가져온 선물 중엔 베레타 92 권총과 탄창 두 개, 탄약 한 상자도 있었다. 변호사는 권총을 보고 놀라지 않을 수 없었다. 나한테 이게 필요할 거라 생각한 거냐? 터놓고 물었다. 그건 누구도 모르는 일이죠, 여기 혼자 계시잖아요, 베베가 말했다. 다음 날 오전엔 마을을 둘러보고 싶다는 이바롤라를 암말에 태우고 페레다가 호세 비앙코에 올라 그와 동행했다. 편집인은 두 시간 동안 카피탄 주르단 주민들의 목가적인 야생의 삶에 대해 찬사를 늘어놓느라 열을 올렸다. 버려진 가옥을 보고 그가 말을 달렸다. 생각보다 먼 그곳에 이르기도 전에 토끼 한 마리가 뛰어 올라 그의 목을 물었다. 편집인의 비명 소리는 광활함 속에 묻혀 버렸다.

뒤따라오던 페레다는 편집인의 머리에서 땅으로 이어지는 아치 모양의 어두운 얼룩이 나타났다 사라지는 것밖에 보지 못했다. 빌어먹을, 그는 생각했다. 호세 비앙코에 박차를 가해 이바롤라에게 다가갔을 때 이바롤라는 한 손으로는 목을, 한 손으로는 얼굴을 감싸고 있었다. 페레다는 말을 건넬 틈도 없이 손을 떼어 냈다. 귀 아래쪽의 할퀸 자국에서 피가 흘러나왔다. 손수건이 있느냐고 물었다. 편집인이 그렇다고 대답하는 순간, 그제야 페레다는 그가 울고 있음을 알았다. 상처 난 곳을 수건으로 누르고 있게, 페레다가 말했다. 그는 곧바로 암말의 고삐를 잡고 버려진 가옥으로 향했지만 아무도 없어서 말에서 내릴 수 없었다. 농장으로 돌아오는 사이 이바롤라가 상처에 대고 있던 손수건이 붉게 물들었다. 서로 아무 말도 없었다. 농장에 도착하자 페레다는 가우초들에게 편집인의 상의를 벗기고 마당에 있는 탁자에 눕히라고 한 다음, 상처를 씻어 내고 시뻘겋게 칼을 달궈 상처를 지진 뒤 마지막으로 다른 손수건으로 드레싱을 하고 그 위에 낡은 셔츠를 붕대 삼아 얼마 남지 않은 아구아르디엔테를 적셔 감싸 줬다. 효과가 있다기보다 제의적인 것이었지만 한번 해본다고 해서 잃을 건 없었다.

카피탄 주르단으로 산책 나간 아들과 두 작가가 돌아왔을 때 이바롤라는 여전히 탁자 위에 쓰러져 있었고 페레다는 곁에서 의학도인 양 그를 지켜보고 있었다. 페레다 뒤에 서 있던 농장의 세 가우초도 환자에게서 눈을 떼지 못했다.

마당 위로 태양이 무자비하게 작열하고 있었다. 세상에나, 네 아버지가 편집인을 죽였어, 베베의 친구 중 누군가 소리쳤다. 하지만 편집인은 죽은 게 아니었다. 외상은 여전했지만 원기를 회복했는데, 곧 날뱀에 물려 불로 지지고는 그 어느 때보다 컨디션이 좋다고 우쭐대며 얘기했다. 하지만 그는 그날 밤 다른 작가들과 부에노스아이레스로 떠났다.

그 뒤로 부에노스아이레스에서 찾아오는 일이 잦아졌다. 어떤 때는 베베가 혼자서 승마복과 노트를 챙겨와 모호한 탐정 소설이나 우수에 젖은 이야기를 썼다. 가끔은 부에노스아이레스 사람들을 데려오기도 했다. 보통은 작가들이었지만 화가도 있었다. 페레다는 화가를 각별한 손님으로 대했는데, 누가 알겠는가마는, 제대로 알지도 못하고 하루 종일 알라모 네그로에서 일하는 가우초들보다 화가가 목공과 석공에 대해 더 잘 알 거라 생각해서였다.

19 「Der Ring des Nibelungen」. 독일의 작곡가 리하르트 바그너 Wilhelm Richard Wagner(1813~1883)가 고대 노르웨이와 아이슬란드의 전설 및 독일의 영웅 서사시 「니벨룽의 노래」에 기초하여 창작한 네 개의 서사 악극.

20 José Hernández(1834~1886). 아르헨티나 작가이자 정치가. 대표작으로 『가우초 마르틴 피에로 El gaucho Martín Fierro』(1872), 『마르틴 피에로의 귀환 La vuelta de Martín Fierro』(1879)이 있다. Leopoldo Lugones (1874~1938). 아르헨티나 작가이자 정치가. 『노래꾼 El payador』(1916)에서 호세 에르난데스의 『가우초 마르틴 피에로』를 민족 서사시로 규정하고 가우초를 크리오요 민족주의의 신화적 인물로 형상화하였다.

21 Domingo Faustino Sarmiento(1811~1888). 작가이자 아르헨티나 17대 대통령. 『파쿤도 또는 문명과 야만 Facundo o Civilización y Barbarie』 (1845)에서 가우초 문화를 야만으로 치부하고 유럽을 근대화의 모델로 삼았다.

한번은 베베가 정신과 여의사를 데려온 적도 있었다. 금발의 여의사는 강인한 파란 눈에 광대뼈가 높아 「니벨룽의 반지」[19]에 나오는 인물 같았다. 페레다는 그녀가 말이 많은 게 유일한 흠이라고 했다. 어느 날 아침 페레다가 함께 산책 가자고 청하자 여의사도 그에 응했다. 그녀를 암말에 태우고 자기는 호세 비앙코에 올라 서쪽으로 향했다. 산책 중에 여의사는 부에노스아이레스의 병원에서 자기가 하는 일에 관해 얘기했다. 그녀는, 그에게 하는 말인지 잠깐씩 슬쩍 말을 뒤따르는 토끼한테 하는 말인지 모르겠지만, 사람들이 갈수록 균형을 잃고 있다고 했다. 그녀는 정신적 불균형이 병이라기보다는 잠재적 정상의 한 형태, 다시 말해 일반인이 용납할 수 있는 정상에 가까운 정상이라고 확신했다. 페레다는 무슨 말인지 이해할 수 없었다. 하지만 아들이 데려온 손님의 아름다움에 눌려 그녀의 말에 일언반구도 토를 달지 않았다. 정오가 되자 길을 멈추고 토끼 고기 육포와 포도주로 식사를 했다. 빛에 노출된 설화 석고처럼 반짝이며 말 그대로 단백질이 끓는 것 같은 토끼 고기와 포도주가 여의사의 시적 감성을 불러일으켰다. 페레다가 곁눈질로 살펴보니 그때부터 여의사는 한껏 격앙되어 있었다.

그녀가 아주 낭랑하게 에르난데스와 루고네스[20]의 시구를 낭송했다. 또 사르미엔토[21]가 어떤 착오를 범했는지 큰 소리로 자문했다. 책들의 제목과 무훈시를 열거하기도 했다. 그사이 말들이 무덤덤하고 경쾌하게 서쪽으로 향하다가 페레다도 모르는 곳에 이르렀다. 성가실 때도 있었지만 좋은 동행과 그 길을 나아가는 게 즐거웠다. 오후 5시쯤 지평선 멀리 한 농장의 형체가 눈에 들어왔다. 반가운 마음에 그곳으로 말을 내달렸으나 6시가 되도록 이르지 못했다. 여의사는 거리라는 게 때로는 속임수 같다는 것을 알게 됐다. 마침내 그곳에 도착하자 깡마른 아이들 대여섯과 넓은 포예라[22]를 입은 여자가 그들을 맞이했는데 그 옷이 너무나도 커서 다리를 덮은 치마 속에 동물이 살고 있을 것만 같았다. 아이들은 정신과 의사에게서 눈을 떼지 못했고, 여의사도 처음엔 그들을 따스하게 대했다. 하지만 여의사는 금세 아이들의 눈에 악의가 있음을, 그녀가 페레다에게 설명하건대, 앙칼지고 거칠며 앙심이 가득한 말로 이뤄진 사악한 의도였음을 알고 놀라서 태도를 바꿨다.

갈수록 여의사가 제정신은 아니라는 쪽으로 생각이 기울었다. 페레다는 농장 여인의 환대를 받아들였다. 오래된 사진이 가득한 방에서 저녁 식사를 하면서 여인은 아주 오래전에 농장주들이 (어느 도시로 간다는 말도 없이) 도시로 떠나 버리자 농장 인부들도 품삯을 떼 먹혔다는 것을 알고는 하나씩 떠나 버렸다고 했다. 그리고 어떤 강과 범람에 대해서도 얘기했는데 페레다는 그 강이 어디에 있는지 도무지 알 수 없는 데다 카피탄 주르단의 그 누구한테서도 범람에 대한 얘기를 들은 적이 없었다. 아니나 다를까 그들은 삶은 토끼 요리를 먹었다. 그런데 여인의 음식 솜씨가 일품이었다. 길을 떠나기 전에 페레다는 그곳 생활에 지치거든 언제든 오라며 알라모 네그로 농장이 어디쯤인지 일러 주었다. 보수는 얼마 되지 않지만 적어도 동무는 있소, 페레다는 삶이 끝나면

---

22 라틴 아메리카에서 여성들이 축제 때 입는 크고 화려한 치마.

죽음이 온다는 걸 설명하듯 묵직한 어조로 말했다. 뒤이어 그는 아이들을 불러 모아 놓고 세 가지 충고를 했다. 말을 끝낸 페레다가 정신과 여의사와 포예라를 입은 여인을 돌아보니 각자 의자에 앉아 잠들어 있었다. 그들이 길을 나설 땐 벌써 날이 밝아 오고 있었다. 팜파스 위로 보름달이 빛났고 이따금씩 토끼가 뛰어올랐지만 페레다는 개의치 않았다. 그리고 긴 침묵 끝에 죽은 아내가 좋아하던 상송을 흥얼거리기 시작했다.

노래는 부두와 연무, 부정한 연인들 — 페레다는 모든 연인들이 결국엔 그리 된다고 생각했다 — 그리고 틀에 박힌 진부한 이야기를 담고 있었다.

페레다는 드넓은 농장의 경계를 걷거나 호세 비앙코를 타고 달릴 때면 목축업이 회복되지 않는 한 무엇도 예전 같지 않으리라 생각했다. 소들은 어디로 사라진 거야? 페레다는 소리쳤다.

겨울에 포예라를 입은 여인이 아이들을 앞세우고 알라모 네그로를 찾아오자 많은 게 바뀌었다. 카피탄 주르단 사람 몇몇은 이미 그녀를 알고 있었고 다시 보게 된 걸 기꺼워했다. 말수는 적었지만 여섯이나 되는 가우초보다 두말할 나위 없이 그녀가 하는 일이 더 많았다. 그즈음 페레다에겐 임금 지불 명부가 있을 정도였지만 그것도 이름뿐, 몇 달이고 임금을 체불하기 일쑤였다. 사실 가우초 몇몇에겐 시간 개념이 있었지만 그건 일반적인 시간 개념이 아니었다. 그들은 한 달이 40일이라 해도 개의치 않았다. 1년이 440일일 수도 있었다. 사실 페레다는 물론이고 아무도 시간을 신경 쓰지 않았다. 그들 중에는 전기 충격을 받은 듯 열을 올리며 말하는 이도, 스포츠 전문 해설가처럼 말하는 이도 있었다. 이들은 겁날 게 없는 패거리에 섞여 놀던 스물이나 서른 살 시절의 오래된 축구 경기 얘기를 했다. 썩을 놈들 하고는, 페레다는 생각했다. 그 말엔 분명 정감이, 어떤 남성적 정감이 어려 있었다.

어느 날 밤, 전설적인 경기를 보려고 좋아하는 축구팀을 쫓아다니는 아버지들과 그로 인해 먹을 것도 없이 방치된 아이들이 사는 달동네와 정신 병원 이야기를 중구난방으로 떠들어 대는 촌로들의 말에 지쳐 버린 페레다는 정치를 어떻게 생각하느냐고 물었다. 가우초들은 처음엔 정치 얘기를 하려 들지 않았다. 그런데 분위기가 무르익자 결국엔 모두가 이래저래 페론 장군[23] 시절을 그리워하고 있다는 결론이 나왔다.

결론이 그렇단 말이지, 페레다가 그렇게 말하더니 칼을 꺼내 들었다. 순간적으로 페레다는 가우초들도 자기처럼 칼을 꺼내 들 것이고 그날 밤 자기 운명이 결정되리라 생각했다. 하지만 촌로들은 겁에 질려 뒤로 물러서더니, 아이고, 왜 이러시나, 그들이 당신한테 어쨌는데, 대체 뭔 짓을 했기에, 라고 물었다. 등불의 불빛이 그들의 얼굴에 호랑이 무늬를 그려 냈다. 하지만 페레다는 손에 칼을 쥐고 부들부들 떨면서 아르헨티나의 과오가, 라틴 아메리카의 과오가 그들을 고양이로 만들어 버렸다고 생각했다. 그러니 소 대신 토끼가 있는 게 아니겠

---

23 Juan Perón(1895~1974). 1930년 쿠데타로 정계에 진출하여 노동부 장관 시절 노동 조건 개선과 임금 인상으로 노동자들의 신뢰를 얻었고, 이를 바탕으로 1946년 대통령에 당선되었다. 독재 정치로 인해 1955년 추방되었으나 1973년 대통령에 재당선되었다. 에비타로 알려진 에바 페론이 그의 부인이다.

는가, 페레다는 혼잣말을 하며 몸을 돌려 침실로 갔다. 당신들이 가여워서 이 자리에서 당신들을 도륙할 생각은 없소, 페레다가 소리쳤다.

다음 날 아침 페레다는 가우초들이 카피탄 주르단으로 돌아갔을까 염려했으나 모두 남아 있었다. 아무 일도 없었다는 듯 몇은 정원에서 일하고 있었고 또 몇은 모닥불 옆에서 마테차를 마시고 있었다. 그러고 며칠 후 서쪽 농장에 살던 포예라 입은 여인이 찾아온 것이었다. 알라모 네그로는 음식부터 시작해 생활 여건이 나아져 갔는데, 그건 그녀가 토끼 한 마리로 열 가지 요리를 할 줄 알았고 향신료가 어디에 있는지, 밭은 어떻게 일구는지, 그리하여 과일과 채소를 어떻게 얻을 수 있는지 알았기 때문이다.

어느 날 밤 여인이 회랑을 지나 페레다의 방에 들어갔다. 속옷만 입고 나타난 그녀에게 페레다는 자기 침대에 자리를 마련해 줬고 날이 새도록 훤히 트인 밤하늘을 바라보며 따스하고도 낯선 그녀의 몸을 느꼈다. 날이 밝아 올 때쯤 잠들었는데 깨어나 보니 그녀는 이미 사라지고 없었다. 인디오와 동거라니요, 아버지가 그 사실을 알리자 베베가 말했다. 말이 그렇다는 거지, 변호사가 잘라 말했다. 그즈음 페레다는 여기저기서 돈을 빌려 마구간도 넓히고 소도 네 마리로 늘렸다. 지루한 오후에는 호세 비앙코에 올라 소를 끌고 나갔다. 평생 소라고는 한 마리밖에 못 봤던 토끼들은 놀라서 소들을 쳐다봤다.

세상 끝까지 나아갈 것 같던 페레다와 소들은 그저 한 바퀴 돌고 돌아올 따름이었다.

어느 날 아침 알라모 네그로에 여의사와 남자 간호사가 나타났다. 여의사는 부에노스아이레스에서 실직하고 이젠 스페인 비정부 기구에서 기초 의료 이동 서비스를 하고 있었다. 여의사는 가우초들을 대상으로 간염 검사를 했다. 일주일 후에 그들이 돌아오자 페레다는 최선을 다해 환대했다. 쌀을 넣은 토끼 요리를 맛본 여의사는 발렌시아의 파에야보다 맛이 훌륭하다고 칭찬했다. 이윽고 모든 가우초에게 무료로 예방 접종을 했다. 요리를 맡아 하던 포예라 여인에겐 알약이 든 플라스틱 통을 주면서 매일 아침 아이들에게 한 알씩 먹이라고 일렀다. 페레다는 그들이 떠나기 전에 농장 사람들의 건강이 어떤지 알고 싶었다. 여의사는 사람들에게 빈혈기가 있지만 B형이나 C형 간염은 없다고 대답했다. 알게 되어 다행이오, 페레다가 말했다. 예, 어떻게 보면 다행이죠, 여의사가 말했다.

그들이 길을 떠나기 전에 페레다는 그들이 타고 온 소형 트럭의 내부를 살펴봤다. 뒷좌석에 둘둘 말린 침낭과 응급 처치용 구급약, 소독제가 든 상자가 보였다. 어디로 가시오? 페레다가 물었다. 남쪽으로 갑니다, 여의사가 말했다. 여의사의 눈이 충혈돼 있었는데 변호사는 그것이 잠이 부족해서인지 울어서 그런 건지 알 수 없었다. 트럭이 멀어지며 흙먼지가 피어올랐다. 페레다는 그들이 그리워질 거라 생각했다.

그날 밤, 페레다는 풀페리아에 모인 가우초들에게 말했다. 우리가 기억을 잃어 가는 것 같소, 그가 말했다.

24 벨기에 화가 제임스 앙소르(1860~1949)의 작품 「1889년에 예수의 브뤼셀 입성」을 말한다.

그걸 빼곤 괜찮은데. 가우초들은 페레다보다 그 말을 잘 이해하고 있다는 듯 처음으로 그를 쳐다봤다. 얼마 후 베베에게서 편지가 왔다. 집을 파는 데 필요한 서류에 서명을 해야 하니 부에노스아이레스로 와야 한다는 내용이었다. 어쩌지, 기차를 탈까, 아니면 말을 타고 갈까? 페레다는 생각했다. 그날 밤은 거의 뜬눈으로 지샜다. 호세 비앙코를 타고 거리에 나타나자 사람들이 거리로 몰려드는 상상을 했다. 멈춰 선 자동차들, 말을 잃은 경찰관들, 웃고 있는 신문팔이 소년, 삭막한 공터와 그곳에서 영양실조에 걸릴 만큼 끼니도 때우지 못하고 축구를 하는 동포들을 상상했다. 그런 풍경의 부에노스아이레스에 들어서자 예수가 예루살렘이나, 앙소르의 그림[24]처럼 브뤼셀에 입성하는 것 같은 울림이 느껴졌다. 페레다는 침대에서 뒤척이며 생각했다. 모든 인간은 언제고 예루살렘에 입성할 때가 오지. 예외 없이 말이야. 몇몇은 나오지 않아. 하지만 대부분 나오고 말지. 그럼 우린 포박되어 십자가에 못 박히겠지. 가련한 가우초라면 말할 것도 없어.

페레다는 또한 중심지에 있는 길, 부에노스아이레스의 모든 길 중에서 가장 근사한 것만 모아 둔 아주 아름다운 거리를 그리며 호세 비앙코를 타고 그곳에 들어서자 주변 건물에서 하얀 꽃비가 내리는 상상을 했다. 꽃은 누가 뿌리는 거지? 알 수 없었다. 건물 유리창도 거리도 텅 비어 있었다. 죽은 자들일 거야, 페레다는 비몽사몽간에 생각했다. 예루살렘의 망자들과 부에노스아이레스의 망자들.

다음 날 아침, 페레다는 요리사와 가우초들과 이야기

하며 한동안 자리를 비울 거라 말했다. 모두 말이 없었다. 그래도 그날 저녁 식사 중에 요리사 여인은 그에게 부에노스아이레스에 가느냐고 물어봤다. 페레다는 고개를 끄덕였다. 몸조심하세요. 부디 무탈하시고요, 그녀가 말했다.

이틀 후 페레다는 기차를 타고 3년 전에 떠나온 길을 되돌아갔다. 그가 콘스티투시온 역에 내리자 몇몇이 변복한 사람 보듯 그를 쳐다봤다. 하지만 대부분은 가우초와 토끼 사냥꾼 복장이 반반씩 섞인 노인에게 별로 신경 쓰지 않았다. 그를 집까지 데려다 준 택시 기사는 손님이 어디 출신인지 알고 싶은 마음에 혼자만의 사색에 잠긴 페레다에게 스페인어를 할 줄 아느냐고 물었다. 페레다는 대답 대신 겨드랑이 안쪽에서 칼을 꺼내 살쾡이 발톱처럼 길게 자란 손톱을 깎았다.

집에는 아무도 없었다. 현관 매트 아래서 열쇠를 찾아 집에 들어갔다. 집은 깨끗하다 못해 지나치게 청결했다. 하지만 알 좀약 냄새가 풍겼다. 녹초가 된 페레다는 어기적거리며 침실에 들어가 부츠도 벗지 않은 채 침대 위에 쓰러졌다. 밤이 돼서야 일어났다. 불도 켜지 않고 거실에 나가 요리사에게 전화를 했다. 그녀의 남편이 전화를 받았는데 전화를 건 사람이 누구냐는 말에 신분을 밝혔는데도 믿지 못하는 눈치였다. 뒤이어 요리사가 수화기를 받았다. 부에노스아이레스에 왔네, 에스텔라, 그가 말했다. 요리사는 놀라는 것 같지 않았다. 페레다가 자기가 집에 온 게 기쁘지 않으냐고 묻자 그녀는, 여긴 매일 새로운 일 벌어지죠, 라고 대답했다. 그러고 나서 페레다는 다른 가정부에게 전화를 걸었지만 인간

미 없는 여자 목소리가 들리더니 결번이라고 했다. 페레다는 가정부들의 얼굴을 기억하려 애썼지만 허기 때문에 맥이 빠져서인지 복도를 지나는 그림자, 빨래하는 소리, 중얼거림과 잔잔한 목소리 같은 막연한 이미지만 떠올랐다.

전화번호가 기억날 리가 없지, 페레다는 어두운 거실에 앉아 생각했다. 그리고 잠시 후 길을 나섰다. 자기도 모르게 발걸음이 베베와 그의 예술가 친구들이 자주 모이던 카페로 향했다. 길에서 아주 밝고 널찍하며 소란스러운 카페 내부가 보였다. 베베는 제일 활기 넘치는 테이블에 있었지, 노인을 곁에 두고 말이야(나 같은 노인이었지! 페레다는 생각했다). 그가 바라보던 유리창 바로 옆 유리창 쪽으로 광고 회사 직원 같은 작가 그룹이 보였다. 그들 중 쉰, 아니 예순이 넘었는데도 얼굴은 젊어 보이는 한 사람이 간간이 하얀 가루를 코에 발라 가며 세계 문학에 대해 열변을 토하고 있었다. 그러다 그 가짜 젊은이의 눈과 페레다의 눈이 마주쳤다. 두 사람은 상대방의 출현이 그들을 둘러싼 현실을 깨트리고 있다는 듯 잠시 서로를 주시했다. 젊은 얼굴의 작가가 돌연 자리에서 일어나더니 결의에 찬 표정으로 의외로 민첩하게 거리로 나왔다. 페레다가 알아채기도 전에 그는 페레다 앞에 서 있었다.

뭘 봐? 코에 붙은 하얀 가루를 닦아 내며 그가 말했다. 페레다는 그를 살펴봤다. 자기보다 키도 크고 호리호리한 체구였다. 자기보다 강할 게 분명했다. 뭘 보느냐고, 무례한 노인네야! 뭘 봐? 카페 안에 있던 가짜 젊은이 패거리는 그 장면을 일상적 일인 양 구경하고 있었다.

페레다는 칼을 쥐고 몸을 움직였다. 무기가 있다는 걸 숨기고 한 걸음 내디뎌 상대의 허벅지를 살짝 찔렀다. 페레다는 그 작가의 놀란 얼굴, 기겁한 얼굴, 대드는 얼굴, 그리고 왜 열이 나고 어지러운지도 모르고 그 이유를 찾는 그의 말들(뭔 짓이야, 거지 같은 놈아?)을 회상하게 될 터였다.

붕대가 필요하겠어, 페레다가 코카인이 녹아 있는 피에 물든 허벅지를 가리키며 명확하고 단호하게 말했다. 염병할, 그곳을 본 작가가 말했다. 그가 친구와 동료들에 둘러싸여 눈을 들었을 때 페레다는 벌써 사라진 뒤였다.

어찌할까? 자기가 사랑하는 도시를 방황하면서 낯설고도 익숙한 그 도시에 경탄하고 그것을 가여워하며 변호사는 생각했다. 부에노스아이레스에 남아서 정의의 챔피언이 될까 아니면 팜파스로 돌아갈까. 팜파스에 대해선 아는 게 하나도 없는데, 돌아가서 뭔가 쓸 만한 일을 해볼까, 글쎄, 토끼로 뭘 하지, 사람들과 뭘 하지, 불평 없이 날 받아 주고 또 날 참아 주는 그 가여운 사람들과 말이야. 도시의 그림자들은 그에게 어떤 해답도 주지 않았다. 너희 그림자들은 늘 그렇게 말이 없구나, 페레다는 한탄했다. 페레다는 여명이 밝아 오자 돌아가기로 마음먹었다.

경찰 쥐

로베르 아무티오와 크리스 앤드루스에게[25]

　내 이름은 호세다. 날 아는 이들은 페페라고 부르지만 나를 잘 모르거나 막역한 사이가 아니면 보통 〈페페 엘 티라〉라 한다. 페페란 이름은 부드럽고 정중하게 줄여서 살갑게 부르는 이름으로 날 하찮게도 거창하게도 하지 않는다. 이렇게 말해도 될지 모르겠지만, 그 이름은 거리감보다는 다정한 존중을 담은 통칭이다. 그리고 꼬리, 곱사등이라는 또 다른 이름이자 별명도 있다. 난 그 별명을 불쾌감 없이 흔쾌히 받아들이는데, 그건 내 앞에선 누구도 그 별명을 절대, 거의 절대로 꺼내지 않기 때문이다. 그럼 티라는 어디서 온 말인가? 그 말은 티라나, 티라노[26]에서 유래한 것으로, 그 누구한테도 자신의 행위에 대해 해명할 필요 없이 무슨 일이든 할 수 있는 사람, 그러니까 한마디로 면책권자라는 말이다. 그럼 티라는 뭔가? 티라는 이 나라의 경찰을 의미한다. 다들 날 페페 엘 티라라고 부르는 건 내가 바로 경찰이기 때문이다. 여타 직업과 별반 다를 건 없지만 경찰이 되려는 자는 드물다. 경찰이 되기 전에 이 직업이 이렇다는 걸 알았다면 나 또한 경찰이 되지 않았을 것이다. 대체 내가 뭣 때문에 경찰이 되었을까? 근래 들어 이런 자문을 자주 해봤지만 그럴듯한 답을 찾지 못했다.

내가 다른 누구보다 우둔한 청년이어서 그럴 것이다. 어쩌면 사랑의 환멸을 겪었거나(하지만 당시에 사랑에 빠져 있지는 않았다) 혹은 운명적으로 내가 다른 이들과 다르다는 사실을 알고서, 홀로 하는 직업, 그러니까 오랜 시간을 절대 고독 속에서 보내며 동족에게 짐이 되지 않으면서 실질적인 직업을 찾게 됐는지도 모른다.

확실한 건 경찰이 필요했으며 내가 지원했고 나를 본 상관들이 내게 경찰 직을 주는 데 30초도 걸리지 않았다는 것이다. 입 밖에 내지 않으려고 조심했지만 그들 중 몇은 혹은 모두가 내가 여가수 요제피네[27]의 조카라는 걸 이미 알고 있었다. 다른 조카들, 그러니까 내 형제들과 사촌들은 어딜 봐도 그저 평범했으며 행복했다. 나 또한 나름대로 행복했다. 하지만 내 안에 요제피네의 피가 흐른다는 걸 느끼고 있었으니, 내가 괜히 그녀의 혈육이겠는가. 그게 상관들이 내게 직무를 부여하기로 결정하는 데 영향을 주지 않았을까 싶다. 물론 그렇지 않을 수도 있지만 어쨌거나 첫날 지원자는 나밖에 없었다. 상관들은 더 이상 지원자가 없기를 바랐을지도 모른다. 또 결정을 미뤘다가는 내가 마음을 바꿀지 모른

---

25 Robert Amutio는 볼라뇨 작품의 프랑스어 번역자, Chris Andrews는 영어 번역자이다.

26 스페인어 *tirana*는 여성 명사, *tirano*는 남성 명사로 〈포악하다〉는 의미이다.

27 프란츠 카프카의 단편소설 「여가수 요제피네 혹은 쥐 족속」에서 노래하는 쥐로 나온다. 쥐들은 그녀의 노래를 이해하지 못한다.

다고 염려했을 수도 있다. 솔직히 내가 무슨 생각을 하고 있는 건지 모르겠다. 한 가지 확실한 건 내가 경찰이 되어 첫날부터 하수도를 헤매고 다녔다는 것이다. 어떤 땐 물이 흐르는 간선 하수도를, 또 어떤 땐 나의 동족이 쉼 없이 터널을 파고 있는 지선 하수도를 돌아다녔다. 그 터널들은 새로운 음식의 보고로 진입하거나 전용 탈출구를 만들거나 미로를 연결하려고 파는 것인데, 이 미로들이 겉보기엔 쓸데없어 보여도 우리 동족의 이동과 생존을 위한 틀의 일부로서 분명 의미가 있다.

가끔씩 나는 간선 하수도와 지선 하수도를 벗어나 죽은 하수도에 들어가는데, 그게 내 직무이기도 하지만 따분해서 그러기도 했다. 그 지역은 탐험가들이나 상인들이 다니는 곳으로, 대부분 혼자 움직이지만 때로는 배우자와 고분고분한 자녀들을 대동하기도 했다. 거기엔 보통 무서운 굉음만 들릴 뿐 아무것도 없다. 하지만 조심스레 그 을씨년스러운 곳을 다니다 보면 탐험가나 상인들 혹은 그 자식들의 시체를 만나기 일쑤였다. 아직 경험이 일천하던 신참 시절엔 그런 걸 발견하고 어찌나 질겁했던지 정신이 쑥 빠질 정도였다. 그런 일이 생기면 난 죽은 터널에서 희생자를 거두어 아무도 없는 전진 초소로 옮겨서 능력이 닿는 데까지 나만의 방식으로 사인을 조사했다. 그런 뒤 검시관을 찾아갔다. 그는 기분이 좋으면 옷을 입거나 바꿔 입고 가방을 챙겨 그곳까지 동행했다. 나는 시체(들)를 그에게 맡기고 다시 나갔다. 여기선 경찰이 시체를 찾으면 범행 장소에 돌아가 보기는커녕 쓸데없이 무리에 섞여 업무를 보거나 잡담에나 끼어들기 일쑤였지만 나는 달랐다. 나는 범행 장소를 재

조사하며 내가 인지하지 못한 사항을 찾아보고 가련한 희생자의 동선을 되짚거나 아주 신중하고도 세심하게 범죄자의 도주 방향을 탐색하는 일을 번거롭게 여기지 않았다.

몇 시간 뒤 초소에 돌아와 보면 검시관의 쪽지가 벽에 붙어 있었다. 사인: 목 조름, 과다 출혈로 인한 사망, 하지 자상, 경추 골절. 우리 종족은 싸워 보지도 않고, 마지막 숨이 끊어질 때까지 몸부림쳐 보지 않고는 절대 굴복하지 않는다. 살해자는 주로 하수도에서 길을 잃은 육식류, 뱀이었다. 심지어는 눈먼 카이만일 때도 있었다. 그들을 추적한다는 건 쓸데없는 짓이다. 머지않아 영양실조로 죽을 게 분명했으니 말이다.

쉴 때면 동료 경찰을 찾아갔다. 그러다가 나이가 지긋한 경찰을 알게 됐는데 세월과 연륜에 야윈 경찰이었다. 게다가 우리 이모와 아는 사이인지라 이모 얘기를 좋아했다. 아무도 요제피네를 이해하지 못했다네. 그렇지만 모두 그녀를 사랑했어. 그렇지 않더라도 그런 척은 했다네. 그녀는 행복해했지. 어쩌면 짐짓 그런 척한 건지도 모르네만, 그가 말했다. 나는 이 말은 물론이거니와 그 늙은 경찰의 다른 말들도 이해할 수 없었다. 나는 음악을 이해해 본 적이 없다. 음악은 우리가 하지 않는, 혹은 아주 드물게 하는 예술이다. 사실 우리는 예술을 하지 않으니 어떤 예술이든 거의 이해하지 못한다. 굳이 찾아보면 그림을 그리는 쥐나 시를 쓰고 낭송하는 쥐가 가끔 있긴 하다. 통상적으로 우린 그들을 비웃지 않는다. 오히려 그들의 삶이 고독에 붙들려 있음을 알기 때문에 그들을 동정한다. 그들이 왜 고독하냐고? 그건 우리가 예술과 예술 작품 감상이란 걸 꿈도 꾸지 못하는 족속이기 때문이다. 그래서 우리와 다른 이들, 예외적인 이들이 아주 드물다. 시인이나 서민적 낭송자가 한번 나타나면 다음 세대까지 새로운 시인이나 낭송자가 나오지 않을 수도 있다. 따라서 시인의 능력을 평가할 자가 시인 자신밖에 없는 셈이다. 그렇다고 해서 우리가 고단한 일상을 제쳐 두고 시인의 낭송을 듣고 박수갈채를 보내거나 낭송자가 노동하지 않고 살 수 있다는 데 동의하는 건 아니다. 우리는 오히려 그 다른 이에게 우리가 그를 이해하고 애정을 느낀다는 걸 보여 주려고 얼마 되지 않지만 할 수 있는 모든 것을 한다. 그가 근본적으로 애정이 필요한 존재라는 걸 알기 때문이다. 시간이 흘러 그 모든 위선이 모래성처럼 무너진다 하더라도 말이다. 우리는 집단으로 살아가고 집단은 일상적 노동만을 요구하며, 개인의 노력으로 달성할 수 없는 목표를 위해 모든 구성원이 각자 끊임없이 일을 한다. 그 목표가 우리의 존재는 물론 개인의 존재를 보장해 주는 유일한 길이다.

우리의 모든 예술가 중에, 아니면 적어도 우리의 기억 속에 여전히 해골 같은 물음표를 남긴 이들 중에 가장 위대한 예술가가 바로 나의 이모 요제피네였다. 우리에게 많은 걸 요구했다는 점에서 위대하며 이곳에 사는 이들이 그녀의 견딜 수 없는 욕망을 받아 줬거나 그러는 척이라도 했다는 점에서 한없이 위대하다.

그 늙은 경찰이 이모 얘기를 좋아하긴 했지만 나는 그의 기억이 담배 마는 종이처럼 가볍다는 걸 금세 알 수 있었다. 가끔씩 그는 요제피네가 뚱뚱하고 험악했으며 그녀의 행실이 극도의 인내와 희생을 요구했다면서 이 두 가지 기질은 접점이 있는 기질로 우리 안에도 어느 정도 자리 잡고 있다고 했다. 어떤 때는 요제피네가, 신입 경찰이던 사춘기 시절에 얼핏 본 그림자 같다고 했다. 그녀는 이상한 비명 소리를 내던 무시무시한 그림자였다. 그 당시엔 그게 유일한 레퍼토리였으며 관객들의 혼을 빼놨다고 할 순 없지만 맨 앞줄에 있던 관객들은 뭔지 모를 슬픔을 느꼈다고 한다. 이젠 기억에도 없는 그 암쥐 숫쥐 관객들이 우리 이모의 음악 예술에서 뭔가를 엿본 유일한 사람들일 것이다. 그게 뭐냐고? 아마 그들도 뭔지 몰랐을 것이다. 그건 뭐든 될 수 있다. 그건 공허의 호수일 수도 있다. 식욕이나 정욕일 수도 있으며 가끔씩 우리를 엄습하는 수면욕일 수도 있다. 쉼 없이 일하다 보면 간간이 잠을 자야 하니 말이다. 특히나 기온이 떨어지는 겨울이 오면, 흔히 말하듯 저 바깥세상에 나뭇잎이 떨어지면, 추위에 얼어붙은 우리의 몸은 동족과 함께할 따뜻한 곳을, 우리가 피부로 덥힐 굴을, 친밀한 부대낌을, 실용적 의미에서 밤이라고 부르는 야간 생활 속의 천박하지도 고상하지도 않은 기척을 찾아간다.

경찰에게 꿈과 온기란 참으로 부적절한 요소이다. 경찰들은 예기치 못한 굴에서 혼자 자기 일쑤며 때로는 낯선 곳에서 잠을 자야 할 때도 있다. 물론 우리는 가능한 한 이 습관을 버리려 애쓴다. 때때로 우리들만의 굴에서 서로 위아래로 포개진 채 모두들 귀와 코로 경계하며 눈을 감고 몸을 누일 때도 있다. 흔하진 않지만 그럴 때가 있다. 경우에 따라선 이런저런 이유로 외곽 경계에 사는 이들의 침실에 들어가기도 한다. 그들은 당연하다는 듯이 스스럼없이 우리를 받아 준다. 녹초가 된 우리는 잘 자라는 인사를 건네고 따스한 회복의 잠에 빠지기도 한다. 가끔은 겨우 서로의 이름밖에 웅얼거리지 못할 때도 있지만 우리가 누군지 알기 때문에 그들도 우리를 걱정하지 않는다. 그들은 우리를 잘 받아 준다. 호들갑 떨지도 기꺼워하지도 않지만 그들의 소굴에서 우릴 내쫓지는 않는다. 때로는 누군가 잠결에, 페페 엘 티라, 라고 내 이름을 부르면 나는, 응, 그래, 잘 자, 라고 화답하기도 한다. 하지만 몇 시간 후, 사람들이 모두 잠든 사이 나는 자리에서 일어나 일을 시작한다. 경찰의 직무란 절대 끝나는 법이 없으니 잠자는 시간을 끊이지 않는 업무에 맞춰야 한다. 어쨌거나 하수도 순찰은 고도의 집중력을 요한다. 보통 누군가를 발견하거나 마주치는 일은 없다. 우리는 간선, 지선 하수도를 따라 움직이기도 하고 우리가 건설했지만 지금은 버려진 터널들에 들어가기도 한다. 그 모든 노정에서 어떤 생명체와도 마주치지 않을 수 있다.

하지만 우리는 그림자와 소음, 물에 떨어지는 물체, 멀리서 들리는 비명 소리를 감지할 줄 안다. 젊은 경찰이 처음 그 소리를 들으면 아득한 섬뜩함에 빠진다. 하지만 시간이 지나면 익숙해지게 마련이고, 방심하지 않으려 애써도 두려움이 사라지거나 일상적인 일이 되고 마는데, 그건 겁이 없어지는 것과 마찬가지다. 심지어 죽은 하수도에서 자는 경찰도 있다. 난 그런 경찰을 본 적이 없지만 나이 든 경찰들의 말에 따르면 예전에 어떤 경찰이 잠이 오면 죽은 하수도에서 잤다고 한다. 그 얘기가 어디까지 진실이고 어디까지 거짓일까? 그런 건 아무래도 상관없다. 요즘에 거기서 자는 경찰은 없다. 죽은 하수도는 이런저런 이유로 잊힌 곳이다. 터널을 파는 자들은 죽은 하수도를 만나면 터널을 막아 버린다. 죽은 하수도에 조금씩 흘러드는 오물의 썩는 냄새는 견디기 힘들 정도다. 단언컨대, 우리 동족들은 다른 구역으로 탈출할 때만 죽은 하수도를 이용한다. 죽은 하수도로 가는 가장 빠른 방법은 헤엄치는 것인데, 그런 내밀한 곳에서 헤엄칠 때는 보통 때보다 훨씬 심각한 위험을 감수해야 한다.

내가 조사를 시작한 곳도 바로 죽은 하수도였다. 오래전에 만들어진 경계선 밖의 전방 주거지에서 동족 한 무리가 날 찾아와 원로 쥐의 딸이 실종됐다고 알렸다. 무리의 절반은 일을 하고 나머지는 엘리사라는 소녀를 찾아 나섰다. 그녀의 가족과 친구들에 따르면 너무나도 예쁘고 강하며 머리가 깬 아이라고 한다. 머리가 깼다는 게 정확히 무슨 말인지 알 수 없었다. 나는 막연히 그 말을 호기심이 아니라 즐거움과 연결 지었다. 그날은 피곤했다. 친척 한 명을 대동하고 그 지역을 둘러본 후, 가엾은 엘리사가 신주거지 주변에서 약탈을 일삼는 포식자에게 희생됐을 거라 추측했다. 포식자의 흔적을 추적했다. 내가 찾은 유일한 단서라고는 그녀에 앞서 누군가 지나갔음을 입증하는 오래된 흔적뿐이었다.

그러다 마침내 신선한 피의 흔적을 찾았다. 엘리사의 친척에게 소굴로 돌아가라고 하고 그때부터 혼자 움직였다. 특이한 핏자국이 호기심을 자극했다. 한 수로를 따라 이어진 핏자국은 이내 사라졌다가 몇 미터 앞에서 다시 발견됐다(훨씬 먼 경우도 있었다). 당연히 수로 반대편에는 핏자국이 없었고 한쪽으로만 가라앉아 있었다. 수로를 건넌 것도 아닌데 왜 여러 번 잠수를 했을까? 한편, 흔적은 아주 미세했다. 그 때문에 포식자가 무엇이든 간에 포식자의 조치가 한눈에 봐도 지나쳐 보였다. 잠시 후 죽은 하수도에 이르렀다.

물에 뛰어들어 쓰레기와 부패물이 장기간 뭉쳐진 둑으로 헤엄쳐 갔다. 그곳에 이르러 오물이 덮인 가장자리로 올라갔다. 저 멀리 수면 위로 하수도 입구 위쪽에 걸린 굵은 막대기들이 보였다. 순간적으로 어느 구석에 숨어 가엾은 엘리사를 제물로 축하연을 벌이고 있을 포식자를 만날까 겁이 났다. 하지만 아무 소리도 들리지 않았다. 계속 나아갔다.

몇 분 지나지 않아 하수도에선 흔히 볼 수 없는 건조한 곳에 유기된 소녀의 시체를 발견했다. 주위에는 골판지와 음식 깡통들이 널려 있었다.

엘리사는 목이 찢겨 있었다. 그 외에 다른 외상은 없었다. 나는 깡통 안에서 새끼 쥐의 시체도 발견했다. 살펴보니 죽은 지 족히 한 달은 넘어 보였다. 주변을 둘러봤지만 포식자의 흔적이라고는 찾을 수 없었다. 아이의 시체는 온전했다. 가엾은 엘리사의 유일한 상처는 살해당한 순간에 입은 상처였다. 나는 범인이 포식자가 아니라는 생각이 들었다. 소녀의 시체를 등에 업고, 내 날카로운 이빨에 상하지 않게 조심하며 아이의 시체를 입으로 물어 들었다. 죽은 하수도를 뒤로하고 전방 거주지굴로 돌아왔다. 엘리사의 어머니는 몸집이 크고 강인하여 고양이와 대적할 수 있을 정도였다. 하지만 딸의 시체를 보고 오랫동안 오열했다. 동료들도 얼굴이 상기됐다. 나는 아이의 시체를 보여 주며 아는 게 있느냐고 물었다. 아는 바가 없었다. 실종된 아이가 없었다. 나는 두 시체를 경찰서로 옮겨야 한다며 도움을 청했다. 엘리사의 어머니가 딸을 맡고 나는 아이를 맡았다. 우리가 떠나자 전방 거주지 동족들은 굴을 뚫고 음식 찾는 일에 복귀했다.

이번에도 나는 검시관을 불렀고 두 시체에 대한 검시가 끝날 때까지 곁을 지켰다. 우리 옆에서 잠든 엘리사의 어머니는 가끔씩 잠꼬대를 하며 이해할 수 없는 말을 일관성 없이 늘어놨다. 세 시간 후, 마침내 검시관이 결론을 내렸는데 난 그가 무슨 말을 할지 노심초사했다. 아이는 굶어 죽었다. 엘리사는 목에 상처를 입고 죽었다. 뱀이 문 상처냐고 물어봤다. 그렇진 않은 것 같네, 신종 뱀이라면 모를까, 그가 말했다. 나는 눈먼 카이만이 낼 수 있는 상처냐고 다시 물었다. 불가능하네. 족제비일 순 있겠네만, 검시관이 말했다. 요 근래 하수도에 족제비가 출현하고 있다. 무시무시하죠, 내가 말했다. 그렇지, 검시관이 말했다. 대부분은 영양실조로 죽는다. 길을 잃고 물에 빠지면 카이만한테 잡아먹힌다. 족제비는 아닐 걸세, 검시관이 말했다. 나는 엘리사가 살해자에 대항해 싸웠는지 물었다. 검시관이 소녀의 시체를 한참 동안 바라봤다. 아니야, 그가 말했다. 저도 그렇게 생각합니다, 내가 말했다. 우리가 대화를 나누는 사이 다른 경찰이 왔다. 그의 순찰 업무는 나와는 반대로 평화로웠다. 우리는 엘리사의 어머니를 깨웠다. 검시관은 자리를 떴다. 다 끝났나요? 어머니가 물었다. 다 끝났습니다, 내가 말했다. 어머니는 고맙다는 인사를 남기고 돌아갔다. 나는 동료에게 엘리사의 시신 처리를 도와 달라고 했다.

둘이서 시신을 들고 유속이 빠른 수로에 가서 내던졌다. 아이의 시체는 왜 버리지 않는 거야? 동료가 물었다. 모르겠어, 놓친 게 있는 것 같아 조사해 볼 생각이야, 내가 말했다. 이윽고 우리는 각자의 구역으로 돌아갔다. 나는 만나는 쥐마다 똑같은 질문을 던졌다. 누군가 아이를 잃었다는 소릴 들은 적 있습니까? 대답은 다양했지만 우리 동족들은 대게 제 자식을 잘 돌보는 데다 그들의 대답도 알고 보면 어디서 주워들은 얘기였다. 나는 다시 외곽으로 순찰을 나갔다. 모두 터널에서 일하고 있었는데 거기엔 엘리사의 어머니도 있었다. 그녀의 비대한 지방질 몸은 겨우 터널에 들어갈 수 있을 정도였지만 이빨과 발톱은 굴을 파기엔 여전히 최고였다.

나는 죽은 하수도에 돌아가 내가 놓친 게 있는지 알아보기로 했다. 단서를 찾아봤지만 아무것도 없었다. 범행의 증거도 생명체의 흔적도. 아이 혼자서 제 발로 하수도에 들어갔을 리 만무했다. 음식 찌꺼기, 마른 똥의 흔적, 소굴을 찾아봤으나 모두 허사였다. 그때 갑자기 철퍽거리는 소리가 희미하게 들렸다. 나는 몸을 숨겼다. 뒤이어 물 위로 하얀 뱀이 나오는 게 보였다. 뱀은 통통한 데다 족히 1미터는 돼 보였다. 뱀은 두어 번 잠수하더니 다시 나타났다. 그러고는 아주 조심스레 물에서 나와 가스관이 새듯이 쉬쉬 소리를 내며 가장자리를 기어갔다. 우리 종족에게 뱀은 가스와도 같다. 뱀이 내가 숨어 있는 쪽으로 다가왔다. 위치상 나를 바로 공격하는 건 불가능했다. 전반적으로 내게 유리한 상황이었다. 탈출하거나 뱀의 목에 내 이빨을 박아 넣을 시간을 번 것이다(하지만 물에 빠진다면 쉽게 잡힐 터였다). 뱀이 내가 있다는 걸 눈치채지 못하고 자리를 뜨고 나서야 나는 뱀이 봉사라는 걸 알았다. 그런 뱀은 뱀이 지겨워진 인간들이 변기에 버린 뱀들의 자손이었다. 일순간 그들이 불쌍해 보였다. 사실 난 남모르게 나의 행운을 즐기고 있었다. 끝없이 이어지는 배수로를 따라 쓸려 가는 그의 부모와 선조들, 대책 없이 죽음과 고통에 맞닥뜨린 채 하수도의 어둠 속에서 넋을 잃은 그들을 상상했다. 또한 살아난 생존자들을, 지옥 같은 허기에 적응하고 안간힘을 쓰며 끝날 것 같지 않은 겨울날 잠들고 죽어 간 이들을 상상했다.

두려움은 필시 상상력을 부추긴다. 나는 뱀이 사라지자 다시 죽은 하수도를 샅샅이 훑었다. 특이 사항이라고는 아무것도 없었다.

이튿날 다시 검시관을 찾아갔다. 아이의 시체를 재검해 달라고 청했다. 검시관은 처음엔 나를 제정신이 아니라는 양 쳐다봤다. 종결된 거 아니었소? 그가 물었다. 안 끝났습니다, 한 번 더 봐주시죠, 내가 말했다. 그는 시간이 나는 대로 살펴보겠다고 약속했다. 순찰을 돌고 검시관의 최종 보고서를 기다리면서 한 달 전쯤에 아이를 잃어버린 가족이 있는지 수소문했다. 안타깝게도 모두 일하느라 바빴다. 특히나 외곽 경계에 사는 이들은 훨씬 일이 많았고 쉴 틈도 없었다. 어쩌면 죽은 아이의 어머니도 그 순간 터널을 파고 있거나 외곽에서 수 킬로미터 떨어진 곳에서 먹을거리를 찾고 있었는지도 모르는 일이었다. 예상했듯이 도움이 될 만한 단서는 아무것도 없었다.

경찰서에 돌아와 보니 검시관과 직속상관의 쪽지가 있었다. 상관의 쪽지는 내가 아이의 시체를 여태 처리하지 않은 이유를 따지고 있었다. 검시관의 쪽지는 처음에 내놓은 결과를 재확인하는 것이었다. 시체엔 외상의 흔적이 없으며 사망 원인은 아사지만 저체온증의 가능성도 있음. 어린아이들은 혹독한 환경에 대한 저항력이 부족하다. 나는 한동안 생각에 잠겼다. 그 아이는 울부짖었을 것이다. 그런 상황이라면 어떤 아이라도 그랬을 것이다. 그 울음소리가 어찌 포식자를 불러들이지 않을 수 있겠는가? 살해자는 아이를 납치한 후 인적이 드문 통로를 통해 죽은 하수도에 들어갔을 것이다. 그곳에 아이를 가만히 놓아두고 죽을 때까지 기다렸을 터다. 말이 될진 모르겠지만, 자연사를 기다린 것이다. 그렇다면 아이를 납치한 자가 나중에 엘리사를 살해했을 가능성은? 있다. 충분히 그럴 수 있다.

그제야 검시관에게 묻지 못한 질문이 떠올랐다. 자리를 박차고 그를 찾아 나섰다. 그 길에서 나는 작업 중인 쥐, 장난치는 쥐, 문제에 몰두하고 있는 쥐 등 수많은 쥐들과 마주쳤다. 그들은 이리저리 바삐 움직이고 있었다. 몇몇은 내게 친절히 인사를 건넸다. 누군가 말했다, 저기 봐, 페페 엘 티라가 가고 있어. 나는 죽은 하수도에 괸 물에서 막 나온 것처럼 온 털을 적시기 시작한 땀밖에 느껴지지 않았다.

나는 쥐 대여섯과 함께 잠을 자고 있던 검시관을 만났다. 모두 피로에 쓰러진 의사나 의학도였다. 그를 깨웠더니 날 알아보지 못하겠다는 듯 쳐다봤다. 아이가 죽는 데 며칠이 걸렸습니까? 검시관에게 물었다. 호세? 어쩐 일인가? 아이가 굶어 죽는 데 얼마나 걸리느냐고? 그가 말했다. 우리는 굴을 나왔다. 험한 시절에 병리학자가 되다니, 검시관이 말했다. 그러고는 생각에 잠겼다. 아이의 신체 조건에 따라 다르지. 때로는 이틀이면 충분하고도 남지만 튼실하고 영양 상태가 좋은 아이라면 닷새나 그 이상도 가능하네. 물이 없어도 말입니까? 내가 말했다. 조금 더 빨리 죽겠지, 검시관이 말했다. 그가 덧붙였다. 대체 뭘 하려는지 모르겠구먼. 굶어 죽은 겁니까 아니면 갈증으로 죽은 겁니까? 내가 물었다. 굶어 죽은 거네. 확실한가요? 내가 말했다. 이번 건은 그렇다고 확신하네, 검시관이 말했다.

경찰서에 돌아와 묵고해 봤다. 아이는 한 달 전에 납치됐고 사흘이나 나흘 후에 죽었다. 그동안 아이는 계속 울어 댔을 것이다. 하지만 그 어떤 포식자가 그 울음소리를 달가워하겠는가. 나는 다시 죽은 하수도로 돌아갔다. 이번엔 내가 찾아야 할 게 뭔지 알고 있었고 그걸 찾는 데도 얼마 걸리지 않았다. 바로 재갈이었다. 고통이 계속되는 동안 아이에겐 재갈이 물려 있었다. 사실 범행이 이루어지는 내내 그러진 않았을 것이다. 살해자는 가끔씩 재갈을 풀어 아이에게 물을 먹였거나 아니면 물에 적신 천을 재갈로 썼을 것이다. 나는 재갈을 챙겨 죽은 하수도를 빠져나왔다.

검시관이 경찰서에서 날 기다리고 있었다. 찾은 게 있는가, 페페? 그는 나를 보자마자 물었다. 재갈입니다, 그렇게 말하며 나는 그에게 더러운 천을 보여 줬다. 검시관이 손대지 않고 재갈을 살펴봤다. 아이의 시체가 여기 있는가? 검시관이 물었다. 그렇다고 했다. 처리하게. 쥐들이 자네가 하는 일에 대해 입을 열기 시작했네, 그가 말했다. 얘기를 한다는 건가요, 아니면 궁금해한다는 건가요? 내가 물었다. 그게 그 말 아닌가, 헤어지며 검시관이 말했다. 일할 의욕이 없었지만 기운을 차리고 밖으로 나섰다. 이곳에서 벌어지는 모든 움직임을 충실하고 열성적으로 쫓아야 하는 통상적 사건과는 다르게 순찰은 일상적인 순찰과 별반 다르지 않았다. 몇 시간 동안 기운 빠지는 일을 하고 경찰서로 돌아와 아이의 시체를 처리했다. 그 뒤로 며칠간 특기할 만한 일은 없었다. 포식자에 의해 희생자가 발생했고 사고도 있었으며, 낡은 터널들이 무너졌고 독이 퍼져 해독할 방법을 찾을 때까지 상당수의 동족이 죽어 나갔다. 우리의 역사는 우리가 가는 길에 나타난 숱한 함정을 헤쳐 나가기 위해 찾아낸 다양한 방편의 역사에 다름 아니다. 일상과 근성. 시체 수습과 사건 기록. 반복적이고 고요한 나날이 흘렀다. 내가 젊은 남녀의 시체를 찾기 전까진 그랬다.

터널을 순찰하다가 그 소식을 들었다. 그들의 부모들은 걱정하지 않았다. 그들은 아이들이 함께 살기로 작정하고 굴을 옮긴 거라 생각했다. 그런데 내가 이 사건을 그다지 심각하게 생각하지 않고 돌아가려 하자, 두 실종자의 친구가 에우스타키오도 마리사도 전혀 그런 말을 한 적이 없다고 말했다. 걔네는 그냥 친구예요, 친한 친구, 게다가 에우스타키오는 독특한 친구예요. 나는 독특하다는 게 무슨 말이냐고 물었다. 시를 써서 낭송했어요. 그건 일하는 덴 분명 젬병이라는 거죠, 녀석이 말했다. 그럼 마리사는? 내가 물었다. 걔는 안 그래요, 녀석이 말했다. 안 그렇다니, 뭐가? 내가 물었다. 그런 종류의 독특함이 없다고요. 그 어떤 경찰도 이런 정보에 신경 쓰지 않을 것이다. 이 정보가 내 본능을 깨웠다. 소굴 주변에 죽은 하수도가 있느냐고 물었다. 가장 가까운 게 2킬로미터 떨어진 곳에 있는데 아주 깊은 곳에 있다고 했다. 나는 그쪽으로 방향을 잡고 걸어갔다. 그 길에 아이들 한 무리를 이끌고 가는 노인을 만났다. 노인은 아이들에게 족제비의 위험성에 대해 들려주고 있었다. 서로 인사를 나눴다. 노인은 선생님이었고 아이들과 소풍 나온 참이었다. 아이들은 아직 일할 나이가 아니었지만 머잖아 그렇게 될 것이었다. 나는 그들에게 소풍길에 혹시 이상한 걸 봤느냐고 물었다. 우리가 서로 다른 방향으로 멀어지고 있을 때 노인이 소리쳤다, 모든 게 이상하다네, 이상한 게 정상인 걸세. 열이 나는 건 건강하다는 거고, 독은 음식이고. 그러더니 온후하게 웃었는데 내가 다른 길에 들어설 때까지도 그 웃음소리가 들렸다.

이윽고 죽은 하수도에 도착했다. 물이 있는 모든 하수도가 비슷비슷하지만 난 한 번이라도 들어가 본 하수도는 물론이고 처음 들어가는 하수도도 거의 오차 없이 구별할 줄 안다. 그런데 그건 모르는 하수도였다. 나는 몸을 적시지 않고 들어갈 방법이 있는지 잠시 살펴봤다. 하지만 결국엔 물에 뛰어들어 미끄러지며 하수도로 들어갔다. 헤엄을 치는 중에 쓰레기 섬에서 물결이 밀려오는 것 같은 느낌이 들어 뱀이 나타나는 건 아닐까 두려웠다. 그래서 아주 재빠르게 섬에 접근했다. 바닥이 질퍽해서 거길 걷다가는 희뿌연 점토에 무릎까지 빠질 판이었다. 냄새는 다른 죽은 하수도와 마찬가지였다. 부패되는 과정이 아니라 부패가 절정에 달했을 때 나는 냄새였다. 나는 차근차근 섬에서 섬으로 옮겨 다녔다. 가끔 뭔가가 내 발을 잡아끄는 느낌을 받았는데 그냥 쓰레기였다. 마지막 섬에서 시체를 발견했다. 에우스타키오는 목에 자상이 나 있었다. 그에 비해 마리사는 싸운 흔적이 역력했다. 피부에 온통 물린 자국투성이였다. 이빨과 발톱에 피가 묻은 걸로 보아 살해자도 상처를 입었을 거라 짐작했다. 하나씩 죽은 하수도 밖으로 시체를 끌어냈다. 그리고 동족이 사는 가장 가까운 소굴로 옮겨 보려 했다. 한 시체를 50미터 정도 업어다 내려놓고 다시 돌아와 다른 한 시체를 업어다가 앞서 내려 둔 시체 옆에 눕혔다. 그 작업을 되풀이하던 중, 마리사의 시체를 찾으러 돌아갈 때, 수로를 빠져나와 그녀에게 다가가는 백사를 목격했다. 나는 숨죽였다. 뱀이 시체 주위를 두어 번 돌더니 시체를 찢기 시작했다. 뱀이 시체를 통째로 삼키려는 순간 나는 몸을 돌려 에우스타키오의 시체를 내려 둔 곳을 향해 뛰었다. 울부짖고 싶은 마음이 간절했다. 하지만 신음 소리 한 번 입 밖에 내지 못했다.

그날 이후 나는 철저히 수사했다. 경계선을 감시하고 누구나 해결할 수 있는 사건을 처리하는 통상적인 경찰 업무에 만족하지 않았다. 날마다 가장 먼 곳에 있는 소굴을 찾아갔다. 그곳 동족들과 아주 사소한 것까지 이야기를 나눴다. 나는 우리와 함께 살면서 가장 천한 일을 하는 두더지쥐들의 구역을 알게 됐다. 한 늙은 흰쥐도 알게 됐는데, 그는 이젠 자기 나이조차 기억하지 못했다. 젊었을 때 전염병에 감염됐다고 한다. 그를 비롯해 전염병에 걸린 수많은 흰쥐들이 옥에 갇혀 있었는데 나중에 우리 쥐 족속을 절멸할 목적으로 하수도에 투입됐다고 한다. 많이도 죽었지, 이젠 옴짝달싹 못하는 흰쥐가 말했다. 하지만 검은쥐와 흰쥐가 피를 섞기 시작했어. 죽음이 가까워지면 미친 듯이 교미를 했지. 그런데 마침내는 검은쥐도 면역됐을 뿐 아니라 새로운 종이 나온 거야. 그리하여 갈색쥐는 그 어떤 전염병이나 외부 바이러스에도 저항할 수 있게 됐지.

나는 지상에 있는 실험실에서 태어났다는 늙은 흰쥐가 좋았다. 그곳엔 눈부신 빛이 있어, 그가 말했다. 너무나 강해서 땅 위에 사는 것들도 그 빛을 식별할 수 없을 정도야. 자네는 하수도 입구를 아는가, 페페? 예, 가본 적이 있습니다, 내가 대답했다. 그럼 모든 하수구가 이어진 강과 골풀과 하얀 모래를 본 적이 있는가? 예, 밤이면 늘 봤습니다, 내가 대답했다. 그럼 강 위에 빛나는 달도 봤겠네? 달은 신경 쓰지 못했습니다. 그럼 자네의 관심을 끈 게 뭐였나, 페페? 개 짖는 소리였습니다. 강어귀에 사는 사냥개들 말입니다. 그리고 달도 봤습니다만, 그 광경을 오래 즐길 순 없었습니다. 달은 이루 말할 수 없다네, 흰쥐가 말했다. 언제고 누군가 내게 어디서 살고 싶으냐고 묻는다면 주저 없이 달에서 살겠다고 할 걸세.

나는 달에 사는 쥐처럼 하수도와 지하 배수로를 정찰했다. 얼마 지나지 않아 또 다른 희생자를 발견했다. 이전 희생자들의 경우처럼 살해자는 죽은 하수도에 시체를 숨겨 놨다. 시체를 둘러업고 경찰서로 옮겼다. 그날 밤 검시관과 얘기를 나눴다. 목에 난 상처가 이전의 희생자들과 유사하다고 일러 줬다. 우연일 수도 있지, 서장이 말했다. 심지어 먹지도 않았습니다, 내가 말했다. 검시관이 시체를 살펴봤다. 상처를 살펴보시고 어떤 종류의 이빨이 그런 상처를 낼 수 있는지 말해 주세요, 내가 말했다. 뭐라도 그럴 수 있지, 뭐라도, 검시관이 말했다. 아니에요. 아무나 그럴 수 있는 건 아닙니다. 자세히 보시죠, 내가 말했다. 무슨 말이 듣고 싶은 겐가? 검시관이 내게 물었다. 진실, 내가 말했다. 자네는 진실이 뭐라고 생각하나? 내 생각에 이 상처들은 쥐가 낸 것입니다, 내가 말했다. 하지만 쥐는 쥐를 죽이지 않네, 검시관이 다시 시체를 보며 말했다. 이건 그렇습니다, 내가 말했다. 그리고 나는 일을 하러 나갔다. 돌아왔을 땐 검시관과 서장이 날 기다리고 있었다. 서장은 자질구레한 얘기로 말을 돌리지 않았다. 도대체 어떻게 살해자가 쥐라는 말도 안 되는 발상을 할 수 있느냐고 내게 물었다. 내가 의심하고 있는 바를 누구한테 얘기했는지도 알고자 했다. 그러지 말라고 내게 주의를 줬다. 꿈에서 그만 깨시게, 페페. 그리고 자네 업무나 잘하면 그만이네, 서장이 말했다. 현실적인 일도 어지간히 복잡한데 비현실적인 일을 덧붙이면 현실까지 흐트러지네. 견디기 힘든 졸음이 쏟아졌지만 나는 흐트러진다는 말이 무슨 의미냐고 물었다. 서장은 검시관에게 동의를 구하듯 그를 쳐다보며 깊고 부드러운 어조로 말했다. 그러니까 내 말은, 삶이라는 게 짧지 않은가, 불행히도 우리의 삶이 그러하고, 그러니 질서를 향해 가야 한다는 것이네. 무질서가 아니라 말일세. 게다가 상상의 무질서라면 더욱 아니 될 말이고. 검시관은 심각하게 날 쳐다보며 그 말에 동의했다. 나 또한 수긍했다.

 하지만 나는 추적의 끈을 늦추지 않았다. 며칠 동안 살해자는 사라진 것 같았다. 외곽을 조사하면서 모르는 구역에 들어갈 때마다 나는 굶어 죽은 첫 번째 희생자 아이에 대해 묻고 다녔다. 마침내 한 탐험가 노파로부터 새끼 쥐를 잃은 엄마 얘기를 들을 수 있었다. 아이가 수로에 빠졌거나 포식자한테 잡혀갔다고 생각하더라고, 그녀가 말했다. 거기에 한 무리의 쥐 얘기도 들려줬다. 어른은 얼마 안 되고 어린 새끼들이 많은 무리였는데 잃어버린 아이를 굳이 찾지 않았다고 한다. 오래지 않아 그들은 큰 우물이 있는 하수도 북쪽으로 떠났고 탐험가 노파는 더 이상 그들을 보지 못했다. 나는 시간이 나는 대로 그 무리를 찾아다녔다. 물론 지금쯤이면 그 아이들도 성장했을 테고 거주지도 넓어졌을 것이며 실종된 아이는 기억에서 잊혔을 수도 있다. 그래도 운이 따르면 아이의 엄마를 만나 최소한 몇 마디 설명은 들을 수 있을 터였다. 그사이에도 살해자는 활동을 멈추지 않았다. 어느 날 밤 시체 안치소에 시체 한 구가 들어왔다. 목에 깔끔하다 할 정도의 자상이 있었는데 기존 살해 수법과 동일했다. 시체를 발견한 경찰과 얘기를 나눴다. 포식자가 그런 것으로 보느냐고 물었다. 그럼 누구겠어? 그가 대답했다. 페페, 자네 혹시 이걸 사고라고 생각하는 건가? 사고라, 나는 생각했다. 끝나지 않을 사고. 어디서 시체를 발견했느냐고 물었다. 남쪽의 죽은 하수도에서, 그가 대답했다. 그 지역의 죽은 하수도를 잘 감시하라고 말했다. 왜? 그가 이유를 알고자 했다. 거기서 또 무슨 일이 벌어질지 아무도 모르는 일이었다. 그는 나를 미친 놈 보듯 했다. 자네 피곤해 보여, 같이 가서 눈 좀 붙이세, 그가 말했다. 우리는 경찰서에 있는 방으로 들어갔다. 공기가 따스했다. 코를 고는 경찰도 있었다. 잘 자게, 동료가 말했다. 잘 자, 내가 말했다. 하지만 잠이 오지 않았다. 나는 살해자의 행동반경을 그려 봤다. 그는 때로는 남쪽에서 때로는 북쪽에서 나타난다. 몸을 뒤척이다 결국 일어났다.

나는 무거운 발걸음을 옮기며 북쪽으로 향했다. 그 길에서 터널의 어스름 속에 확고하고 결연하게 일하러 가는 쥐들과 마주쳤다. 젊은 녀석들이 페페 엘 티라, 페페 엘 티라 하고 수군대더니 내 별명이 세상에서 가장 웃긴 듯 웃어 댔다. 다른 이유로 웃는 것일 수도 있었다. 나는 아랑곳하지 않고 가던 길을 갔다.

터널이 서서히 비어 가고 있었다. 이젠 두어 마리의 쥐와 마주치는 것도 뜸해지고 다른 터널에서 쥐들이 일하는 소리도 멀어졌으며 음식인지 독인지 모를 뭔가의 주위를 뱅글뱅글 도는 그들의 그림자만 어슴푸레 보일 따름이었다. 이내 그 소리마저 잠잠해지자 이제 들리는 것이라고는 내 심장 소리와 우리 세상에서 절대 멈추지 않고 한없이 떨어지는 물방울 소리뿐이었다. 큰 우물에 도착했을 때 나는 죽음의 냄새를 맡고 극도의 경계 상태에 들어갔다. 그곳에 보통 몸집의 개 두 마리의 사체가 눕혀진 채 딱딱하게 굳어 있었는데 구더기가 반쯤 파먹은 상태였다.

그 너머에 개 사체의 또 다른 수혜자들, 바로 내가 찾아다닌 쥐들의 거주지가 보였다. 그들은 위치상으로는 위험 지역인 하수도 경계선에 살지만 절대 음식이 바닥나지 않는 혜택을 누리고 있었다. 작은 광장에 모인 그들을 만났다. 그들은 크고 비대했으며 피부에 윤기가 돌았다. 지속적인 위험에 노출되어서인지 표정이 무거워 보였다. 내가 경찰이라고 하자 그들의 시선이 경계의 눈빛으로 바뀌었다. 내가 아이 잃은 어미 쥐를 찾는다는 말에 아무도 대답하지 않았다. 그러나 난 그들의 표정에서 수사가 이미 끝났다는 사실을 직감했다. 나는 아이의 생김과 나이, 그리고 아이를 발견했던 죽은 하수도와 아이의 죽은 모습을 설명했다. 그들 중 한 쥐가 자기 아이라고 했다. 뭘 원하는 거요? 다른 쥐들이 내게 물었다.

정의를 위해섭니다, 나는 말했다. 살해자를 찾고 있소.

상처투성이 피부에 풀무처럼 숨을 쉬는 늙은 쥐가 살해자가 자기들 중에 있느냐고 물었다. 그럴 수도 있습니다, 내가 말했다. 쥐라고? 늙은 쥐가 말했다. 그럴지도 모릅니다, 내가 말했다. 그 어미 쥐는 아이가 혼자 나다니곤 했다고 말했다. 하지만 혼자서 죽은 하수도까지 갈 순 없습니다, 내가 대답했다. 그럼 포식자가 잡아 갔을 수도 있겠네요, 젊은 쥐가 말했다. 포식자가 데려갔다면 잡아먹었을 것이다. 배가 고파서 아이를 죽인 게 아니라 유희로 아이를 죽였다.

예상대로 그들은 고개를 가로저었다. 말도 안 돼요, 그런 짓을 할 정도로 미친 쥐는 우리 중에 없습니다, 그들이 말했다. 나는 경찰서장이 했던 말이 맘에 걸려 반박하지 않았다. 어미 쥐를 따로 불러 위로하고 싶었다. 비록 석 달이나 지난 일인 데다 그쯤이면 상실의 고통을 덜어 내기에 충분했지만 말이다. 어미 쥐는 다른 자식들도 있는데, 큰 놈들은 보고도 못 알아볼 때가 있으며, 죽은 아이보다 어린 것들도 벌써 일을 시작해서 그럭저럭 알아서 먹을거리를 찾는다고 했다. 하지만 나는 그 아이가 사라진 날을 떠올리게 하려고 애썼다. 어미 쥐는 처음엔 혼란스러워했다. 날짜는 물론이고 아이들까지도 혼동했다. 나는 마음을 졸이며 실종된 아이가 더 있느냐고 물었고 그녀는 아이들이 보통 길을 잃더라도 그저 몇 시간에 지나지 않으며 그쯤 되면 혼자서 소굴을 찾아오거나 아이들 우는 소리에 같은 무리의 누군가가 데려오기도 한다며 나를 진정시켰다. 그 아이도 울었소, 그런데 살해자가 내내 재갈을 물려 뒀소, 그녀의 자족적인 뻔뻔함에 약간 짜증이 나서 내가 말했다,

감정의 변화라곤 보이지 않아서 아이가 실종된 날로 돌아갔다. 우린 여기 살지 않았어요, 내곽에 있는 도관에서 살았죠, 그녀가 말했다. 탐험가 무리들이 가까이 살고 있었는데 그들이 그 지역에 처음으로 정착했죠. 나중에 다른 무리가 많이 들어오자 우린 떠나기로 했어요. 터널을 돌아다니는 것 말고는 달리 방법이 없었으니까요. 하지만 아이들의 영양 상태는 좋았소, 내가 상기시켰다. 먹을 게 모자라진 않았죠, 하지만 외부로 먹이를 찾으러 나가야 했어요, 어미 쥐가 말했다. 탐험가들이 표층부로 곧장 이어지는 터널들을 뚫었어요. 그땐 우릴 방해할 함정이나 독은 없었어요. 모든 무리가 적어도 하루에 두 번씩은 표층으로 올라갔죠. 개중에는 무너져 가는 낡은 건물을 돌아다니고 벽 속에 난 홈을 옮겨 다니면서 하루 종일 그곳에서 지내는 쥐들도 있었고 다시는 돌아오지 못한 쥐도 있었어요.

나는 아이가 실종된 날 표층에 있었는지 물었다. 터널에서 일하던 중이었는데 몇은 자고 있었고 또 몇은 밖에 있었을 거예요, 그녀가 대답했다. 무리들 중에 이상해 보이는 자가 없었느냐고 물었다. 이상하다니요? 행동 방식 말입니다, 일상적이지 않은 행동 같은, 이유 없이 오래 자리를 비웠다든가. 아니요, 그녀가 말했다. 나도 잘 알지만, 우리 종족은 상황에 따라 행동하는 이런저런 방식들이 있다. 우리는 아주 기민하고 최대한 완벽하게 상황에 적응하려 한다. 아이가 실종된 지 얼마 지나지 않아 무리는 위험성이 낮은 지역을 찾아 떠났다. 그저 일만 하는 소박한 그녀로부터는 더 얻을 게 없었다. 나는 무리에 인사를 하고 그들의 소굴이 있는 도관을 빠져나왔다.

하지만 그날 난 경찰서에 복귀하지 않았다. 돌아가던 길에 날 미행하는 자가 없다는 걸 확인하고 소굴 주변으로 돌아가 죽은 하수도를 찾아 나섰다. 이윽고 죽은 하수도를 발견했다. 하수도는 작았다. 악취는 아직 버틸 정도였다. 하수도를 샅샅이 수색했다. 내가 찾는 자가 거기 있었을 것 같진 않았다. 포식자의 흔적도 없었다. 마른자리라곤 어디에도 없었지만 거기 머물기로 했다. 잠시라도 편히 기다릴 심산으로 젖은 마분지와 플라스틱 쪼가리들을 모을 수 있는 만큼 모아 그 위에 터를 잡았다. 내 털의 열기가 습기와 만나며 조그만 증기 구름을 만들어 내는 상상을 했다. 가끔씩 증기가 나를 잠에 빠뜨리기도 했고 또 어떤 때는 돔으로 바뀌어 그 안에 있는 나를 온전히 보호해 줬다. 잠에 빠져들 즈음 기척이 들렸다.

잠시 후 그들의 모습이 보였다. 두 놈이었는데 둘 다 숫쥐였고 목소리에 활기가 넘쳤다. 둘 중에 하나를 바로 알아봤다. 조금 전 다녀온 무리에서 봤었다. 다른 쥐는 아예 모르는 놈이었는데, 내가 거기 갔을 때 일을 하고 있었거나 다른 무리에 속해 있을 수도 있었다. 두 쥐의 대화가 달아오른 듯했지만 서로 기본적인 예의는 지키고 있었다. 대화의 내용이 들리진 않았다. 아직은 그들과 거리가 있었던 데다(비록 그들의 걸음이 물을 첨벙거리며 내 쪽으로 향하고 있었지만), 그들이 쓰는 말이 다른 언어였기 때문이다. 내가 이해할 수 없는 그 요상한 말에 바로 반감이 생겼다. 그 언어는 암호나 상형 문자 같았다. 마치 불이 터널 밖을 기어가며 터널을 오븐으로 만들듯이, 자유라는 말의 이면을 기어가는 언어 같았다.

나는 조용히 그 자리를 빠져나왔어야 했다. 하지만 경찰로서 난 직감적으로 거기에 개입하지 않으면 또 다른 살인이 발생하리라는 걸 알고 있었다. 마분지를 박차고 일어났다. 두 쥐가 그대로 얼어붙어 버렸다. 안녕하신가? 내가 말했다. 둘이 한 무리에 속하느냐고 물었다. 그들이 고개를 저었다.

너, 여기서 나가, 안면이 없는 쥐를 발톱으로 가리키며 내가 말했다. 그 의기양양한 젊은 쥐는 자기 귀를 의심하는 것 같았다. 여기서 사라져, 난 경찰이야, 내가 말했다. 내가 페페 엘 티라야, 고함을 쳤다. 그제야 그는 친구를 살피더니 몸을 돌려 멀어졌다. 포식자 조심해, 죽은 하수도에선 포식자가 공격해도 도와줄 자가 없어, 그가 쓰레기 제방 뒤로 사라지기 전에 말했다.

다른 쥐는 친구에게 인사조차 건네지 않았다. 우리 둘만 남을 순간을 기다리며 잠자코 내 옆에 있었다. 그는 생각에 잠긴 눈길로 나를 주시하고 있었는데, 내가 그를 살피는 눈길과 똑같았을 것이다. 결국 나한테 잡혔군, 둘만 남게 되자 내가 말했다. 대답이 없었다. 이름이 뭐야? 내가 물었다. 엑토르, 그가 말했다. 그 말을 하는 녀석의 목소리는 내가 이전에 수천 번을 들었던 다른 쥐들의 목소리와 다르지 않았다. 아이를 왜 죽였지? 내가 나지막이 말했다. 대답이 없었다. 순간 겁이 났다. 엑토르는 강하고 나보다 덩치도 크고 젊다. 하지만 난 경찰이다, 나는 생각했다.

이제부터 네 발과 주둥이를 묶고 경찰서로 연행할 거야, 내가 말했다. 녀석이 피식거린 것 같은데 확실하진 않다. 나보다 더 두려워하시는군요. 난 지금 아주 두려운데, 녀석이 말했다. 아니지, 넌 두려운 게 아니라 아픈 거다. 넌 포식자의 사생아이자 벌레 같은 놈이지, 내가 말했다. 엑토르가 웃었다. 두려우신 게 맞네요, 녀석이 말했다. 당신 이모 요제피네보다 더 두려워하시네요. 요제피네를 네가 어찌 알아? 내가 말했다. 들은 게 있죠, 요제피네 얘기를 모르는 쥐도 있나요? 그가 말했다. 내 이모는 두려워하지 않았어. 정신이 온전치 않은 가련한 몽상가였지 두려워하진 않았어, 내가 말했다.

틀렸어요, 죽도록 두려워했죠, 녀석은 마치 우리가 유령에 둘러싸여 있어 그 유령들에게 동의를 구하는 양 이리저리 두리번거리며 말했다. 그녀의 노래를 들은 쥐들은 죽도록 두려워했죠, 물론 그들도 그 사실을 모르고 있었지만. 하지만 요제피네는 죽음의 상태보다 더했죠.

매일 두려움의 한복판에서 죽어 갔고 그 두려움 속에서 부활했죠. 말을 침 뱉듯 내뱉는군, 내가 말했다. 이제 주둥이를 아래로 내려, 먼저 네 입을 묶을 거니까, 나는 그를 묶으려고 가져온 밧줄을 꺼내며 말했다. 엑토르는 숨을 헉헉댔다.

아무것도 모르시네요, 녀석이 말했다. 나를 체포하면 범죄가 사라질 거라 생각하는 겁니까? 당신 상관들이 나를 공정하게 처리할까요? 아마도 몰래 발기발기 찢어서 포식자들이 다니는 곳에 내던지겠죠. 네가 바로 흉악한 포식자야, 내가 말했다. 난 자유로운 쥐죠, 녀석이 건방을 떨며 대답했다. 난 두려움을 먹고 살아요. 난 우리 동족이 어딜 향해 가고 있는지 완벽하게 알고 있죠. 나는 그의 말에 밴 오만함에 대응하지 않기로 했다. 넌 아직 젊어, 그에게 말했다. 널 치료할 방법이 있을지도 모르지. 우리는 동족을 죽이진 않아. 그럼 페페 당신은 누가 치료해 주죠? 녀석이 물었다. 어떤 의사들이 당신의 상관을 치료할까요? 주둥이 내려, 내가 말했다. 엑토르가 나를 쳐다봤다. 나는 밧줄을 풀었다. 우리는 죽음의 혈투를 벌였다.

영원할 것만 같던 10분이 지났다. 녀석은 내게 물려서 목이 꺾인 채 옆에 쓰러져 있었다. 내 등은 온통 상처 투성이가 됐고 주둥이는 긁혔으며 왼쪽 눈으론 아무것도 볼 수 없었다. 시체를 경찰서로 옮겼다. 지나치다 만난 경찰 몇몇은 엑토르가 포식자의 희생자가 됐다고 확신했다. 나는 시체를 공시소로 옮기고 검시관을 찾아갔다. 모든 게 해결됐습니다, 내가 꺼낸 첫마디였다. 그러고는 쓰러져서 그를 기다렸다. 검시관이 내 상처를 살펴보더니 주둥이와 눈두덩을 꿰맸다. 검시관은 치료를 하면서 어쩌다 그 꼴이 됐는지 물었다. 살해자를 찾았죠, 그놈을 잡았는데 혈투가 벌어졌습니다, 내가 말했다. 검시관이 경찰서장을 불러야겠다고 말했다. 그가 혀를 차자 어둠 속에서 호리호리한 청년이 졸린 얼굴로 나타났다. 나는 의학도라고 추측했다. 검시관이 그에게 경찰서장 집에 가서 자신과 페페 엘 티라가 경찰서에서 기다린다는 말을 전하라고 했다. 청년은 그리하겠다며 사라졌다. 뒤이어 검시관과 나는 시체 공시소로 향했다.

엑토르의 시체는 여전히 거기에 있었다. 털의 윤기가 사그라지고 있었다. 수많은 시체들 속에 시체가 하나 더 늘었을 따름이었다. 검시관이 검시하는 동안 나는 구석에서 잠을 청했다. 경찰서장이 나를 부르며 흔들어 깨웠다. 일어나게, 페페, 검시관이 말했다. 그들을 따라갔다. 서장과 검시관은 내가 모르는 터널로 다급히 걸어갔다. 나는 비몽사몽 그들의 꼬리를 보며 뒤를 쫓았다. 등에 극심한 통증이 느껴졌다. 얼마 지나지 않아 빈 소굴에 도착했다. 일종의 성좌(聖座) 같은 곳에(혹은 요람일 수도 있다) 그림자 하나가 일렁거렸다. 서장과 검시관은 나더러 앞에 서라고 했다.

얘기를 해보시게, 여러 목소리이자 하나의 목소리가 어둠 속에서 들려왔다. 처음에는 겁을 내며 뒤로 물러섰지만 곧 늙은 여왕 쥐라는 것을 알았다. 여왕 쥐는 여러 마리의 쥐였는데 아주 어렸을 때 꼬리가 하나로 접합됐고 그로 인해 일은 할 수 없지만 우리 동족에게 일어나는 특별한 상황에 조언을 할 수 있는 지혜를 얻었다. 나는 사건을 처음부터 끝까지 진술하면서 내 말이 격정적이기보다는 보고서를 작성하듯 객관적으로 들리도록 애썼다. 내가 말을 마치자 어둠 속에서 나오는 그 여러 개의 목소리이자 하나의 목소리가 내게 여가수 요제피네의 조카냐고 물었다. 그렇습니다, 내가 말했다. 우리는 요제피네 생전에 태어났다네, 여왕 쥐가 말했다. 그리고 아주 힘겹게 몸을 움직였다. 수 년을 밤새운 눈들이 가득한 어둡고 거대한 몸집이 보였다. 나는 여왕 쥐가 뚱뚱하며 오물 때문에 뒷다리를 옴짝달싹 못한다고 추측했다. 변이로군, 그녀가 말했다. 그 말이 엑토르를 지칭한다는 걸 이해하는 데 시간이 걸렸다. 그 독이 우리의 생존을 막을 순 없지, 그녀가 말했다. 어찌 보면 광인이고 개인주의자인 거지. 이해할 수 없는 게 있습니다, 내가 말했다. 서장이 내 말을 막으려고 발톱으로 내 어깨를 건드렸지만 여왕 쥐는 이해할 수 없는 게 뭔지 말하라고 했다. 왜 아이는 다른 희생자들처럼 목을 자르지 않고 굶겨 죽였을까요? 나는 그 순간 부들거리는 그림자가 내쉬는 한숨 소리밖에 듣지 못했다.

이내 그녀가 말했다, 아마 죽음에 이를 때까지 버려두거나 혹은 최대한 건드리지 않고 처음부터 끝까지 죽음을 목격하고 싶었겠지. 긴 침묵 끝에 이렇게 덧붙였다, 그가 미쳤다는 것과 그 일이 엽기적인 사건이라는 걸 기억해 두세요. 쥐는 쥐를 죽이지 않아요.

나는 고개를 떨어뜨렸다. 얼마나 그렇게 있었는지 모르겠다. 잠들었었는지도 모를 일이다. 이내 내 어깨에 서장의 발톱이 느껴졌다. 자기를 따르라고 했다. 우리는 말없이 왔던 길을 되돌아갔다. 예상대로 시체 공시소에 있던 엑토르의 시체는 사라지고 없었다. 어디에 있느냐고 물었다. 포식자의 배 속에 있길 바라네, 서장이 말했다. 그리고 이미 알고 있는 얘기를 들어야 했다. 누구한테든 엑토르 건에 대해 언급하는 것은 철저히 금지됐다. 사건은 종결됐고 내가 할 수 있는 최선은 그 사건을 잊고 일하며 살아가는 것이었다.

그날 밤엔 경찰서에서 자고 싶지 않아서 완고하고 지저분한 쥐들의 소굴에 자리를 마련했다. 깨어나 보니 아무도 없었다. 그날 밤 나는 신종 바이러스에 동족이 전염되는 꿈을 꿨다. 쥐는 능히 쥐를 죽일 수 있다. 이 말이 잠에서 깰 때까지 머릿속을 울렸다. 모든 게 예전 같지 않을 거란 걸 알고 있었다. 그게 단지 시간문제라는 것도 알고 있었다. 환경에 대한 우리의 적응력, 부지런한 본성, 행복을 찾는 우리의 오랜 집단적 행진이 사라질 운명이었다. 속으로는 그 행복이 존재하지 않는다는 걸 알지만 행복이 우리의 일상적 영웅성을 위한 구실이자 무대이며 배경이었다. 그 적응력과 본성과 집단적 행진이 사라진다는 건 다름 아닌 우리 민족이 사라질 운명이라는 뜻이다.

나는 다른 일을 할 수 없어서 일상적 순찰로 돌아왔다. 한 경찰이 포식자에게 찢겨 죽었으며 외부에서 침투한 독에 막대한 사상자가 발생했고 몇몇 터널엔 홍수가 났다. 어느 날 밤 온몸을 태울 듯이 열이 났고 나는 죽은 하수도로 향했다.

그 죽은 하수도가 내가 희생자를 찾아냈던 하수도인지 아니면 처음 가보는 하수도인지 정확히 모르겠다. 사실 죽은 하수도는 본질적으로 모두 똑같다. 나는 그곳에서 오랫동안 웅크린 채 기다리며 머물렀다. 아무 일도 없었다. 그저 소란스러운 소리와 철벙거리는 소리가 멀리서 들렸을 뿐이며 어디에서 들려오는지도 알 수 없었다. 지나친 철야 순찰에 눈이 충혈된 채 경찰서에 돌아왔을 때, 몇몇 쥐들이 인근 터널에서 족제비 한 쌍이 목격됐다는 말을 하고 있었다. 그들과 함께 있던 한 신참이 내 신호를 기다리듯 날 쳐다봤다. 족제비들이 어른 쥐 세 마리와 어린 쥐 여러 마리를 터널 깊숙이 몰아넣었습니다. 지원을 기다리다간 너무 늦을 겁니다, 신참이 말했다.

뭐가 늦다는 건가? 하품을 하며 그에게 물었다. 어린 쥐들과 보모 쥐들 말입니다, 그가 대답했다. 그들을 구하기엔 이미 늦었다, 나는 생각했다. 나는 또 생각했다. 너무 늦었다는 건 언제를 말하는 건가? 요제피네 이모가 살던 시대인가? 1백 년 전? 3천 년 전? 우리 종이 시작된 그때부터 그럴 운명 아니었던가? 신참은 내게 뭔가를 기대하며 내 표정을 살폈다. 그 젊은이는 경찰서에서 일한 지 일주일도 안 됐을 게 뻔했다. 주변에서 몇몇은 속닥거리고 있었고 또 몇몇은 귀를 터널 벽에 붙이고 있었다. 대부분 겁먹지 않으려고 무진장 애쓰고 있었고 여차하면 도망칠 기세였다. 어찌하면 좋겠나? 내가 물었다. 규정대로 터널에 들어가 아이들을 구조해야죠, 신참이 대답했다.

족제비랑 붙어 본 적 있나? 족제비한테 찢길 준비가 됐느냔 말이네, 내가 말했다. 싸울 수 있습니다, 페페, 그가 대답했다. 상황이 그에 이르자 별로 할 말이 없었다. 나는 일어나서 내 뒤를 따르라고 명령했다. 터널은 어둡고 족제비 냄새가 났지만 나는 어둠 속에서 어떻게 움직여야 하는지 알고 있었다. 쥐 두 마리가 자원하여 우리 뒤를 따랐다.

알바로 루셀로트의 여행

카르멘 페레스 데 베가[28]에게

알바로 루셀로트의 기이한 삶은 문학적 미스터리의 대표적 사례가 아닐진 몰라도 우리의 주목을 받을 만한, 잠시나마 눈을 돌려 봐야 할 삶이었다.

20세기 중반의 아르헨티나 문학을 좋아하는 사람이라면 — 많진 않지만 분명히 그런 사람이 있다 — 루셀로트가 독창적인 작품을 쓴 유쾌하고 대담한 작가로서 카스티야어를 훌륭히 구사하면서도 이야기 전개에 필요하다면 은어를 쓰는 경우도 적지 않음을 기억하고 있을 것이다. 그렇다고 그가 쓴 은어가 지나치게 복잡한 건 아니었다. 적어도 그의 애독자들은 그렇게 생각했다.

그는 음험하기보다는 탁월한 익살꾼이라 할 만한 사람이었다. 세월이 흐르고 보니 평탄해 보이던 그의 삶이 이제 그렇게 보이지는 않는다. 힘겨운 삶이었을지도 모른다. 우리가 생각하는 것보다 훨씬 어려웠을 거라는 얘기다. 그렇지만 그는 그저 우연한 사건의 희생자에 지나지 않을 수도 있다.

그런 사건은 문학을 사랑하는 사람들에겐 흔한 일이

다. 알고 보면 뭔가를 사랑하는 사람에게 흔히 벌어지는 일이다. 우리 모두는 결국 우리가 사랑하는 대상의 희생자로 전락하고 만다. 그건 아마 열정이라는 것이 ― 인간의 다른 어떤 감정보다 빠르게 ― 제 끝을 향해 질주하기 때문이기도 하고 욕망의 대상을 지나치게 헤프게 다루기 때문이기도 할 것이다.

루셀로트는 자기와 같은 세대는 물론이거니와 전후 세대의 그 어떤 동료만큼이나 문학을 사랑했다. 말하자면 많은 아르헨티나인들이 그랬듯 문학을 사랑함에 있어 지나친 환상을 품지 않았다. 이로써 내가 말하고자 하는 바는 그가 유별난 사람이 아닌데도 다른 사람들, 그의 친구들, 그리고 소소한 즐거움과 역경을 함께한 동료들은 그의 경험과 눈곱만큼이라도 비슷한 일이라곤 겪지 않았다는 것이다.

그러고 보면 다른 사람들도 지옥에 떨어질 운명이나 그들만의 기구한 생을 살아야 할 운명이었다고 해도 전혀 이치에 어긋나지 않는다. 예컨대, 앙헬라 카푸토는 상상을 초월하는 방식으로 자살했다. 미묘한 유아적 분위기가 배어 있는 그녀의 시를 읽은 사람이라면 그 누구도 그녀가 공포를 자아낼 목적으로 정교하게 계산된 무대 한복판에서 그리 급작스레 죽음을 맞을 거라 예상치 못했을 것이다. 난해한 작품을 썼던 산체스 브라디도 그렇다. 그는 1970년대 군부에 의해 목이 잘렸는데, 당시에 쉰 살을 훌쩍 넘긴 데다 문학에(세상에도) 관심조차 없던 때였다.

역설적 운명과 그런 죽음이 있었다 하여 루셀로트의

28 Carmen Pérez de Vega. 볼라뇨의 연인으로 그의 임종을 지켰다.

운명이, 그의 삶을 둘러싼 은밀한 수수께끼가, 그가 업으로 삼은 글쓰기가 거의 모든 것을 묵살하는 어떤 경계 혹은 끝자락에 있다거나 그 경지에 이르렀다는 인식이 초라해지는 것은 아니다. 그의 삶은 간명하게 설명될 수도 있다. 이는 실제로 그의 삶이 단순해서 그럴 것이다. 1950년, 서른이 된 루셀로트는 『고독』이라는 뭔가 부족해 보이는 제목으로 첫 작품을 출간했다. 이 소설은 파타고니아의 어느 버려진 고해소의 나날을 다룬 작품이다. 당연히 지난날의 삶과 잃어버린 행복의 순간을 호명하는 고해와 더불어 폭력에 대한 얘기로 채워져 있다. 소설을 반쯤 읽고 나서야 비로소 우리는 대부분의 인물이 죽은 사람이라는 것을 알게 된다. 30페이지 정도 남으면 우리는 돌연 한 사람만 빼고 모든 인물이 죽은 사람이라는 걸 알게 된다. 하지만 유일한 생존자가 누구인지는 절대 밝혀지지 않는다. 이 소설은 부에노스아이레스에선 그다지 성공하지 못했다. 1천 부도 팔리지 않았다. 하지만 친구들 덕에 루셀로트는 1954년 어느 정도 권위가 있는 출판사를 통해 프랑스어 번역판을 출간하는 특권을 누렸다. 빅토르 위고의 나라에서 『팜파스의 밤』으로 출간된 『고독』은 서평을 쓴 두 명의 문학 비평가를 빼고는 — 한 명은 우호적이었고 다른 한 명은 터무니없이 극찬했다 — 누구의 이목도 끌지 못한 채 결국 후미진 책장 가장자리나 헌책방 탁자의 책 무더기 속으로 사라져 버렸다.

그러던 중 1957년 말에 프랑스 감독 기 모리니의 「잃어버린 목소리」라는 영화가 개봉했는데, 루셀로트의 작품을 읽은 사람이라면 그 영화가 「고독」을 교묘히 베꼈다는 걸 눈치챘을 것이다. 모리니의 영화에선 시작과 끝이 완전히 바뀌어 있었지만 영화의 몸통이나 핵심은 정확히 동일했다. 루셀로트가 부에노스아이레스 어느 영화관의 어둡고 휑한 상영관에서 그 프랑스 영화를 처음 보고 느낀 경악은 생전에 다시없을 정도였다. 그는 당연히 자기가 표절의 희생자가 됐다고 생각했다. 시간이 지나면서 다른 식으로도 추정해 봤지만 표절의 손아귀에 떨어졌다는 생각을 떨치지는 못했다. 영화를 보고 이 사실을 안 친구들 중 절반은 영화 제작자에게 소송을 제기하라고 했고 나머지는 다양한 어조로 그런 일이 빈번하다며 브람스의 경우를 예로 들었다.[29] 그땐 이미 루셀로트의 두 번째 소설 『페루 가(街)에 대한 기록』이 출간된 상태였다. 탐정 소설이라 할 이 작품은 부에노스아이레스의 세 장소에서 세 구의 시체가 발견되는 사건을 다룬 것으로 두 명의 피살자가 세 번째 피살자에 의해 살해되며, 이 세 번째 피살자는 무명씨에 의해 살해된다는 내용을 중심으로 전개된다.

이 작품은 『고독』의 작가가 기대한 바를 충족해 주지 못했다. 비평계에선 좋은 평을 받았지만 그의 작품 중에선 최악이었다. 모리니의 첫 영화가 부에노스에서 상영될 즈음에 『페루 가에 대한 기록』은 벌써 1년 가까이 이 항구 도시의 서점을 떠돌고 있었고 루셀로트는 문학 모임에 자주 드나들던 마리아 에우헤니아 카라스코와 결혼도 하고 짐머만 & 구루차가 변호사 사무실에서 일하

---

[29] 헝가리계 바이올리니스트 에두아르드 레메니Eduard Reményi (1828~1898)는 브람스의 「헝가리 무곡」이 자신의 아이디어를 훔쳤다며 브람스를 표절로 고소한 바 있다. 그러나 브람스가 이 곡의 악보에 작곡이 아니라 편곡으로 기입했으므로 저작권을 침해하지 않았다는 판결이 났다.

고 있었다.

그의 삶은 아주 질서 정연했다. 오전 6시에 일어나 8시까지 글을 쓰거나 글을 쓰려고 애썼다. 8시가 되면 뮤즈와의 만남을 접었다. 샤워를 한 후 서둘러 사무실로 출근하면 9시 10분이나 15분 전이었다. 오전엔 대부분 서류 뭉치를 살피고 법조인을 방문하며 보냈다. 오후 2시에 귀가하여 아내와 점심을 먹고 변호사 사무실로 돌아갔다. 오후 7시엔 변호사들과 한잔 걸치곤 했는데, 아무리 늦어도 저녁 8시엔 귀가했다. 집에선 루셀로트의 새 신부가 저녁을 준비해 놓고 그를 기다리고 있었다. 저녁을 먹고 나면 루셀로트는 책을 읽었고 부인은 라디오를 들었다. 토요일과 일요일엔 글쓰기에 시간을 더 할애했고 저녁에는 아내를 두고 혼자 문학 친구들을 만나러 갔다.

영화 「잃어버린 목소리」가 명성을 안겨 주면서 얼마 안 되던 그의 대인 관계도 넓어졌다. 문학이라고는 관심도 없던 변호사 사무실의 가장 친한 친구는 모리니의 표절에 소송을 하라고 충고했다. 루셀로트는 진중히 생각한 끝에 어떤 대응도 하지 않기로 했다. 『페루 가에 대한 기록』 이후로 그는 거의 문학적 변화가 없는 짧은 단편집 『신혼 생활』을 출판하는데, 제목에서 보듯 이 작품은 한 남녀가 보낸 몇 개월간의 신혼 생활을 다루고 있다. 이 단편에서 아내를 잘 안다고 생각하던 남자는 시간이 지나면서 그것이 치명적 실수였음을 깨닫는다. 아내는 낯선 여자로 돌변하여 그의 건장한 육체를 위협하는 괴물 같은 존재가 된다. 그런데도 남자는 그 여자를 사랑하여(혹은 그녀에게 전에 느끼지 못했던 육체적 매력을 느끼게 되어) 버틸 때까지 버텨 보다가 결국 도망친다.

이 소설은 분명 해학적 작품이며 독자들도 그렇게 생각했다. 그런데 루셀로트와 출판사에 놀라운 일이 벌어졌다. 초판본이 석 달 만에 바닥나고 1년 만에 1만 5천 부가 팔린 것이다. 희미하던 그의 이름이 하룻밤 사이에 번쩍이는 스타가 됐다. 루셀로트도 이를 기꺼이 받아들였다. 그렇게 번 돈으로 부인과 처제를 데리고 푼타 델 에스테[30]로 휴가를 떠났다. 아내와 처제가 해변을 뛰놀고 있을 때 그는 몰래 『잃어버린 시간을 찾아서』를 읽었는데, 그건 사람들에게 프루스트를 읽었다고 한 거짓말을 바로잡고 가장 뛰어난 프랑스 소설가를 읽지 않았다는 공허함을 메우고 싶어서였다.

히브리의 신비학자들을 읽는 편이 나았을 것이다. 푼타 델 에스테에서 휴가를 보내고 돌아오고 7개월 뒤, 『신혼 생활』의 프랑스어 판본이 아직 출간되지도 않았는데 이 작품과 똑같다 못해 더 훌륭해 보이는 모리니의 신작 「하루의 테두리」가 부에노스아이레스에서 개봉했다. 영화는 상당히 각색되고 확장돼 있었다. 어떤 점에선 첫 영화와 수법이 유사했는데, 영화 중간에 루셀로트의 이야기를 함축적으로 집어넣고 처음과 끝 부분은 코멘트로 처리했다(경우에 따라 유명한 글귀를 넣거나 중심 스토리의 진짜 또는 가짜 출구들이 제시되기도 했으며 조연급 인물들의 생활을 수채화풍으로 간명하게 그려 내기도 하는데, 이 점이 매력적이었다).

루셀로트의 불쾌감이 절정에 달했다. 한 주 동안 그와 모리니의 관계에 대한 풍문이 아르헨티나 문학계에

[30] 우루과이 남부 해안의 관광 도시.

자자하게 퍼졌다. 모두가 이번만큼은 표절 소송이 있을 것이라 예상했는데 루셀로트가 어떤 대응도 하지 않기로 결정함으로써 아주 강력하고 결연한 조치를 예상하던 사람들을 어리둥절하게 했다. 그의 확고한 태도를 이해한 사람은 극소수였다. 비난도 없었고 예술가의 결백함이나 명예를 찾아야 한다는 요구도 없었다. 루셀로트는 처음에 느꼈던 분노와 경악을 뒤로한 채 최소한 법적으로는 아무 조치도 취하지 않기로 마음먹고 그저 기다릴 따름이었다. 우리가 작가의 영혼이라 할 수 있는 그의 내면에 있는 그 무엇, 그는 그것을 수동적 태도의 귀퉁이로 몰아넣고 거기에 철갑을 입히고 개조하며 앞으로 닥칠 놀라움에 맞설 준비를 했다.

그 외에 작가이자 한 남자로서 그의 삶은 이미 합당한 기대를 모두 충족할 만큼 상당히 변해 있었다. 작품에 대한 평도 좋았고 책도 팔려 나갔으며 기대치 않던 부수입도 생겼다. 게다가 머잖아 마리아 에우헤니아가 엄마가 된다는 소식에 가정생활도 풍요로워졌다. 모리니의 세 번째 영화가 부에노스아이레스에 들어오자 루셀로트는 영화관에 가지 않고 집에 틀어박혀 악령에 홀린 사람처럼 한 주를 버텼다. 친구들이 영화 내용을 언급하는 것조차 허용치 않았다. 처음엔 영화를 보지 않을 생각이었지만 한 주가 지나자 더는 견디지 못했다. 체념한 루셀로트는 어느 날 밤 전쟁터에 나가는 양 다시는 아이를 못 볼 것처럼 찢기는 마음으로 아이에게 키스를 하고 보모에게 맡긴 채 아내와 팔짱을 끼고 영화관으로 향했다.

모리니의 영화 제목은 「실종된 여인」이었다. 루셀로

트의 작품과는 전혀 공통점이 없었으며 그의 두 전작과도 아무런 연관성이 없었다. 영화관을 나서며 아내가 지루한 졸작이라 평했다. 말은 안 했지만 루셀로트도 속으론 아내와 같은 생각이었다. 몇 달 후 루셀로트는 새 작품을 출간했는데, 그가 쓴 소설 중 가장 긴 장편(206페이지)이었다. 〈곡예사 가족〉이라는 제목의 이 작품은 기존 소설에 나타난 추리 소설이나 환상 소설의 틀을 벗어나 새로운 시도를 한 작품이었다. 굳이 설명하자면 〈다중 소설〉이나 〈다성(多聲) 소설〉이라 일컬을 만한 작품으로 문체가 부자연스럽고 인위적이었지만, 소설을 살려 낸 요소들이 있었으니, 그것은 인물들의 소박함과 정직함, 기존의 자연주의 소설이 보여 준 상투적 문체를 우아하게 벗어난 자연주의, 그리고 작품 속 이야기들, 다시 말해 패배를 모르는 아르헨티나 정신의 본질을 표출하는 소소하고 멋진 이야기들, 즐거이 시간을 때울 만한 이야기들이었다.

이 작품은 의심의 여지 없이 루셀로트의 최대 성공작이 됐고 그로 인해 과거 작품들도 재판됐을 뿐 아니라 시(市) 문학상까지 수상하게 된다. 상을 수여받는 자리에서 루셀로트는 아르헨티나 신(新)문학에서 가장 화려한 유망 작가 다섯 명에 포함되는 영예를 안았다. 하지만 아르헨티나 신문학은 별개의 얘기다. 어떤 문학이든 가장 촉망받는 작가들은, 다들 알겠지만, 한나절 피었다 지는 꽃이며 그 하루가 짧고 강렬하든, 10년이나 20년을 가든 결국엔 지게 마련이다.

애초부터 우리의 시 문학상을 신뢰하지 않던 프랑스인들이 『곡예사 가족』의 번역본을 출판하기까지는 꽤

시일이 걸렸다. 당시 라틴 아메리카 소설의 명성은 부에노스아이레스보다 무더운 지역으로 옮아가 있었다. 소설이 파리에서 출판될 즈음, 모리니도 벌써 네 번째, 다섯 번째 영화를 내놨다. 한 편은 틀에 박힌 프랑스 탐정 얘기지만 느낌이 좋았고, 다른 한 편은 생트로페에서 휴가를 즐기는 한 가족 이야기를 해학적으로 그린 졸작이었다.

이 두 편의 영화가 아르헨티나에서 개봉했을 때 루셀로트는 자기가 쓴 글과 아무런 유사점이 없다는 걸 확인하고 가슴을 쓸어내렸다. 이로써 모리니가 그에게서 멀어지는 것 같았다. 혹은 빚에 쪼들리거나 영화 사업의 소용돌이에 휘말려 그와의 인연을 포기한 것 같았다. 그렇게 심적 부담을 덜어 내자 돌연 서글퍼졌다. 자기 작품의 최고 독자, 그로 하여금 진정으로 글을 쓰게 하는 유일한 독자, 그에게 화답해 줄 수 있는 유일한 독자가 사라졌다는 생각이 며칠이고 그의 뇌리를 떠나지 않았다. 루셀로트는 자기 작품의 번역자들과 연락해 보려고 애썼다. 하지만 이미 다른 작품, 다른 작가들과 작업 중이던 그들은 정중히 거절한다는 편지를 보내왔다. 그들 중 한 명은 생전에 모리니의 영화를 본 적도 없었다. 또 어떤 번역자는 루셀로트의 작품과 유사한 영화 한 편을 보긴 했으나 그가 번역한 작품이 아니었으니 그 작품을 읽지 않았다고 전했다.

루셀로트가 파리에 있는 출판사에 자기 작품이 출간되기 전에 모리니가 원고를 읽었는지 물어봤지만 그들은 놀라는 기색조차 없었다. 출판사 측에선 인쇄본이 나오기 전에 여러 단계에서 수많은 사람이 원고에 접근할 수 있다는 무성의한 대답뿐이었다. 이에 멋쩍어진 루셀로트는 더 이상 누구도 편지로 귀찮게 하지 않을 것이며, 언젠가 파리에 갈 때까지 조사를 접으리라 마음먹었다. 그리고 1년 후, 루셀로트는 프랑크푸르트 작가 회의에 초대됐다.

아르헨티나 작가단은 규모가 상당했다. 여행은 즐거웠다. 거기서 루셀로트는 스승으로 여기던 부에노스아이레스 출신의 두 원로 작가를 알게 됐다. 그는 그들이 필요로 하는 사람이 되고자 동료 작가라기보다는 대리주차 직원이나 비서가 할 만한 허드렛일을 했는데, 그런 태도는 작가로서 복종적이고 비굴해 보일 뿐만 아니라 제 품격에 먹칠하는 짓이었다. 그런데도 루셀로트는 행복해하며 그런 것에 마음 쓰지 않았다. 날씨는 좋지 않았지만 프랑크푸르트에서의 체류는 기꺼웠으며 루셀로트는 한시도 두 원로 작가 곁을 떠나지 않았다.

사실 어느 정도 인위적이라 할 루셀로트의 행복은 그가 스스로 얻은 것이었다. 그는 작가 회의가 끝나고 동료들이 부에노스아이레스로 돌아가거나 얼마간 유럽에서 휴가를 즐기러 떠나면 파리에 갈 생각이었다. 귀국일이 오자 루셀로트는 공항에 나가 아르헨티나로 귀국하는 작가단 일부를 배웅하며 눈물을 글썽였다. 원로 작가 중 한 명이 이를 보고 곧 다시 보게 될 터이니 너무 아쉬워 말라면서 부에노스아이레스의 자기 집이 그를 위해 항상 열려 있을 거라고 말했다. 루셀로트는 그 말을 이해하지 못했다. 사실 루셀로트는 혼자라는 두려움, 파리에 가야 하는 두려움, 그리고 그곳에서 미스터리를 해결해야 한다는 두려움에 눈물을 쏟을 뻔했다.

생제르맹 가(街)에 있는 호텔에 짐을 풀자마자 루셀로트는 『고독』(『팜파스의 밤』)의 번역자에게 전화를 걸었다. 헛일이었다. 번역자의 집 전화는 신호만 갈 뿐 아무도 받지 않았다. 출판사도 그가 어디 사는지 전혀 몰랐다. 루셀로트는 자기가 두 작품, 『팜파스의 밤』, 『신혼 생활』의 저자라고 밝혔지만 출판사 사람들은 그가 누군지도 몰랐다. 마침내 50대 즈음의 한 남자가 그를 알아봤다. 하지만 그는 회사에서 무슨 일을 담당하는지 알 수 없는 사람이었다. 게다가 그는 생뚱맞게 진지한 어투로(심지어 루셀로트가 찾아온 이유는 제쳐 두고) 면전에서 판매 실적이 저조하다고 꼬집었다.

루셀로트는 그 출판사를 나와 『곡예사 가족』(모리니가 절대 읽었을 리 없는)을 출간한 출판사에 가서 체념하듯 작품 번역자의 주소를 알려 달라고 했다. 혹시라도 그 번역자가 『팜파스의 밤』과 『신혼 생활』의 번역자와 선이 닿게 해줄지도 모른다는 기대 때문이었다. 출판사는 예전보다 눈에 띄게 작아져 있었다. 비서와 편집자 한 명이 전부였다. 루셀로트는 자신을 응대한 여자를 비서로 생각했다. 편집자는 미소와 포옹으로 루셀로트를 맞아 주며 스페인어를 쓰려고 애썼지만 실력이 형편없었다. 편집자가 『곡예사 가족』의 번역자를 만나려는 이유를 묻자 루셀로트는 문득 이 소설 혹은 그 이전 소설의 번역자가 모리니와 만나게 해줄 수 있을 거라는 생각이 터무니없다는 것을 깨닫고는 어떻게 답해야 할지 몰랐다. 하지만 프랑스인 편집자가 진지하게 나오자(그날 아침에 루셀로트를 만나는 일 외엔 아무 일도 없어 보였기 때문에) 그에게 모리니와 관련된 모든 얘기를 처음부터 끝까지 들려주기로 마음먹었다.

루셀로트의 이야기가 끝나자 편집자는 담배를 피우며 기껏해야 3미터도 되지 않을 사무실 끝을 오가며 한참 동안 말이 없었다. 루셀로트는 기다리면 기다릴수록 신경이 곤두섰다. 마침내 편집자가 원고가 가득 쌓인 크리스털 선반 앞에 멈춰 서더니 그에게 파리 여행이 처음이냐고 물었다. 주제를 벗어난 질문이었지만 루셀로트는 그렇다고 대답했다. 파리 사람들은 잔인하죠, 편집자가 말했다. 루셀로트는 모리니에게 소송을 걸 생각이 없으며 다만 그를 만나 자기와 관계된 두 편의 영화를 어떻게 착안했는지 묻고 싶다고 서둘러 말했다. 편집자는 한바탕 껄껄 웃어 댔다. 카뮈 이후로 여기선 돈에만 신경 쓰죠, 그가 말했다. 루셀로트는 무슨 말인지 몰라 그를 쳐다봤다. 카뮈가 죽은 이후부터 지식인들이 돈만 밝힌다는 것인지 아니면 카뮈가 예술인들에게 수요 공급의 원칙을 정립했다는 것인지 알 수 없었다.

난 돈에는 관심 없습니다, 루셀로트가 중얼거렸다. 나도 마찬가집니다, 가엾은 동료여, 내 꼴을 보세요, 편집자가 말했다.

루셀로트는 전화를 할 터이니 조만간 저녁 식사나 하자고 말하고 그와 헤어졌다. 그 뒤 루셀로트는 파리 관광으로 시간을 보냈다. 루브르 박물관과 에펠 탑을 보고 라틴 지구에 있는 식당에서 점심을 먹은 후, 오래된 서점 두어 곳에 들렀다. 저녁에 호텔에서 부에노스아이레스에서 알게 됐지만 지금은 파리에 살고 있는 아르헨티나 작가에게 전화를 걸었다. 딱히 친구라고 하기는 어려웠다. 하지만 루셀로트는 그의 작품을 높이 평가했고 그가 쓴 글 몇 편이 부에노스아이레스 잡지에 실리도록 도와주기도 했다.

리켈메라는 이름의 그 아르헨티나 작가는 루셀로트의 목소리에 반색했다. 루셀로트는 주중에 만나 점심이든 저녁이든 하자고 했으나 리켈메는 그 말은 귓등으로도 듣지 않고 어디서 전화하는 거냐고 물었다. 루셀로트는 호텔 이름을 일러 주며 이제 잠자리에 들 거라 말했다. 리켈메는 잠옷은 입을 생각도 하지 말라더니 곧장 호텔로 가겠다면서 그날 밤은 자기가 사겠노라 했다. 루셀로트는 그 말에 떠밀려 아무런 대꾸도 못했다. 몇 해를 만나지 못한 리켈메를 호텔 로비에서 기다리며 그의 얼굴을 떠올렸다. 둥글고 넓은 얼굴에 금발이었고 작은 키에 단단한 체격이었다. 오랫동안 그의 글을 읽지 못했다.

마침내 리켈메가 도착했을 때 루셀로트는 그를 바로 알아보지 못했다. 키는 예전보다 커 보였지만 그다지 금발도 아닌 데다 안경을 끼고 있었다. 둘은 허심탄회한 이야기로 호쾌한 밤을 보냈다. 루셀로트는 오전에 프랑스인 편집자한테 한 얘기를 그에게도 들려줬다. 리켈메는 20세기 아르헨티나 소설에 한 획을 그을 대작을 쓰고 있으며 8백 페이지 정도 썼는데 3년 안에 끝낼 것이라 했다. 내용을 물어볼까 루셀로트가 조심스러워하던 차에 리켈메가 작품의 내용 일부를 상세히 얘기했다. 밤문화를 즐길 수 있는 곳과 바를 여러 군데 돌았다. 그날 밤 어느 순간엔가 루셀로트는 자기만큼이나 리켈메도 사춘기 소년처럼 행동하고 있음을 깨달았다. 그런 생각이 처음엔 무안했으나 이내 그 밤의 끝에 호텔이, 잠을 잘 호텔방이 있다는 생각이 들었고 그 순간 기적적으로 (다시 말해, 즉각적으로) 그 호텔이란 말이 자유와 불안정의 화신으로 느껴지자 즐거워하며 허물없이 그와 어울렸다.

술이 과했다. 일어나 보니 옆에 한 여인이 있었다. 시몬이라는 이름의 창녀였다. 호텔 인근 카페에서 함께 아침을 먹었다. 시몬이 말수가 많은 덕에 루셀로트는 그녀에게 창녀들의 최악의 거래자인 포주가 없다는 사실과 갓 스물여덟 살이 됐으며 영화를 좋아한다는 걸 알았다. 그는 포주의 세계에 대해선 알고 싶지도 않았을 뿐더러 시몬의 나이는 얘깃거리가 되지 못했기 때문에 영화 얘기를 꺼냈다. 그녀는 프랑스 영화를 좋아했다. 두 사람의 대화는 어느덧 모리니의 영화에 이르렀다. 처음에 나왔던 영화들은 괜찮았어요, 시몬이 그렇게 평가하자 루셀로트는 그 자리에서 그녀에게 키스할 뻔했다.

오후 2시에 함께 호텔로 돌아와 저녁 식사 때까지 나가지 않았다. 루셀로트 생전에 그토록 기분이 좋았던 적은 없었을 것이다. 글을 쓰고, 먹고, 시몬과 춤을 추러 나가고, 센 강 남쪽 길을 따라 정처 없이 걷고 싶었다. 사실 너무나도 기분이 좋은 나머지 저녁 식사를 하던 중 후식을 주문하기도 전에 시몬에게 파리에 온 이유를 설명했다. 하지만 예상과 달리 그녀는 놀라기는커녕 그가 작가라는 사실과 모리니가 두 편의 대표작을 제작하면서 그의 두 소설을 표절하거나 모방했거나 혹은 거기서 영감을 얻었을 거라는 걸 대수롭지 않게 생각했다.

그녀는 살다 보면 그런 일은 물론이고 그보다 더 희한한 일도 있다고 간결하게 대답했다. 그러더니 결혼했느냐는 뜻밖의 질문을 던졌다. 이미 답을 아는 듯한 질문이었다. 루셀로트는 그렇다는 표정을 지으며 금반지를 보여 줬다. 그 순간만큼 반지가 약지를 죄어 온 적은 없었다. 그럼 아이도 있어요? 시몬이 말했다. 아들애가 하나 있죠, 루셀로트는 아이를 떠올리며 사랑스럽게 말했다. 날 쏙 빼닮았죠, 그가 덧붙였다. 시몬이 집까지 바래다 달라고 했다. 택시를 타고 가는 길에 두 사람은 각자 말없이 창밖 불빛과 예고 없이 불쑥불쑥 나타나는 그림자들을 바라봤다. 그것은 마치 빛의 도시 파리가 특정 시간, 특정 구역에서 소련의 영화감독들이 종종 자신의 영화에 끼워 넣어 대중에게 보여 주는 중세 러시아 도시 또는 그런 도시의 이미지로 변하는 것 같았다. 마침내 택시가 4층 건물 앞에 멈춰 섰다. 시몬이 같이 들어가자고 했다. 내릴지 말지 망설이던 루셀로트는 해웃값을 주지 않았음을 깨달았다. 택시가 많지 않을 것 같은 동네였는데도 루셀로트는 호텔로 돌아갈 방법은 생각지도 못하고 자책하며 차에서 내렸다. 건물에 들어가기 전에 세지도 않고 지폐 한 움큼을 시몬에게 건네자 그녀도 그 돈을 그대로 주머니에 넣었다.

엘리베이터가 없는 건물이었다. 4층에 도착했을 때, 루셀로트는 지쳐 있었다. 어두침침한 거실에서 한 노파가 하얀 술을 마시고 있었다. 루셀로트는 시몬이 일러 준 대로 노파 옆에 앉았다. 노파는 잔을 하나 꺼내더니 그 기겁할 술을 가득 채웠다. 그사이 시몬은 어느 문 뒤로 사라졌다가 잠시 후 나타나서는 그에게 가까이 오라고 손짓했다. 이제 어쩌자는 거지? 루셀로트는 생각했다.

방은 작았다. 침대에선 아이가 자고 있었다. 제 아들

이에요, 시몬이 말했다. 귀엽네요, 루셀로트가 말했다. 잠들어 있어서 그렇게 보인 건지도 모르지만 아이는 정말 귀여웠다. 얼굴에선 이미 사내아이 티가 났다. 루셀로트는 긴 금발을 지닌 아이가 엄마를 쏙 빼닮았다고 생각했다. 방에서 나오자 시몬이 노파에게 돈을 지불하고 있었다. 노파는 시몬 부인이라고 칭하며 작별 인사를 했고 루셀로트에게도 신사 양반, 좋은 밤 보내시구려, 라며 진심 어린 인사를 건넸다. 오늘은 이 정도면 됐다고 생각하고 있을 때 시몬이 원한다면 함께 밤을 보내도 괜찮다고 했다. 그런데 제 침대에선 안 되겠어요. 제가 모르는 사람과 자고 있는 걸 아이가 보는 게 걸려서요, 시몬이 말했다. 두 사람은 잠자리에 들기 전에 시몬의 방에서 섹스를 했다. 루셀로트는 거실 소파에서 잤다.

이튿날, 그들은 가족처럼 보냈다고 할 수 있다. 아이의 이름은 마르였다. 루셀로트가 보기에 아주 영민한 아이였다. 물론 프랑스어도 그보다 유창했다. 아무 생각 없이 돈을 썼다. 파리 시내에서 아침을 먹고 공원에 갔다가 부에노스아이레스에 있을 때 추천받은 베르누이 가의 식당에서 점심을 먹은 후, 호수에서 노를 젓고 마지막으로 슈퍼마켓에 들러 당연하다는 듯이 저녁 식사거리를 샀다. 그 모든 곳을 택시로 다녔다. 생제르맹 가에 있는 노천 카페에서 아이스크림이 나오길 기다리고 있을 때 저명한 작가 두 사람이 보였다. 루셀로트는 먼발치에서 그들을 바라봤다. 시몬이 아는 사람들이냐고 물었다. 아니라고 대답했다. 하지만 그들의 작품을 열심히 꼼꼼하게 읽었다고 말했다. 그럼 가서 사인이라도 받지그래요, 그녀가 말했다.

처음엔 당연하다 못해 자연스러운 것이라 생각했지만 누군가를, 더욱이 늘 존경하던 사람들을 괴롭힐 권리가 없다는 생각에 결국 포기했다. 그날 밤엔 시몬의 침대에서 잤다. 신음 소리에 아이가 깰까 봐 입을 굳게 다물고 몇 시간 동안 관계를 가졌다. 두 사람은 사랑 말고는 할 게 없다는 듯 격정적인 순간도 느꼈다. 루셀로트는 이튿날 아이가 깨기 전에 호텔로 돌아왔다.

걱정과 달리 그의 짐이 길거리에 버려지진 않았다. 홀연히 유령처럼 나타난 그를 누구도 이상하게 생각하지 않았다. 호텔 프런트에서 리켈메가 남긴 메시지 두 통을 받았다. 첫 번째 메시지는 모리니를 찾을 방편에 관한 것이었고 두 번째는 아직도 모리니를 만나고 싶은지 묻는 내용이었다.

샤워하고 면도하고 (헛구역질을 하며) 이를 닦고 옷을 갈아입고 리켈메한테 전화를 걸었다. 장시간의 통화였다. 리켈메의 스페인 기자 친구가 전해 준 바에 따르면, 그가 영화, 연극, 음악에 대한 단평을 쓰는 프랑스 기자를 알고 있는데, 이 프랑스인이 모리니의 친구라서 그의 전화번호가 있었다고 한다. 그래서 스페인 기자가 번호를 알려 달라고 했고 프랑스 기자는 망설임 없이 번호를 넘겨줬다. 그래서 둘은(리켈메와 스페인 기자) 별 기대 없이 전화를 걸었는데 어떤 여자가 전화를 받았다고 한다. 한데 그곳이 정말로 영화감독 모리니가 사는 곳이라는 그녀의 말에 둘은 화들짝 놀랐다고 한다.

이제 어떤 구실로든, 예를 들어, 아르헨티나 신문에 실릴 인터뷰라면서 약속을 잡고(리켈메와 스페인 기자가 동행하고자 했다) 놀라운 결말을 안겨 주는 일만 남앉군. 놀라운 결말이라니? 루셀로트가 목소리를 높였다. 놀라운 결말이란 그 가짜 기자가 표절자에게 자신이 누군지, 그러니까 그가 표절한 작품의 작가라는 걸 밝히는 거지, 리켈메가 말했다. 그날 오후 루셀로트는 센 강변에 나가 무작위로 사진 몇 장을 찍고 있었다. 그때 한 부랑자가 그에게 다가와 구걸했다. 루셀로트는 촬영을 방해하지 말아 달라며 지폐 한 장을 건넸다. 부랑자는 그러겠노라 했다. 두 사람은 잠시 말없이 함께 걸었다. 이따금씩 아르헨티나 작가가 멈춰 서면 부랑자는 그가 사진을 찍을 수 있도록 적당히 거리를 두고 떨어져 있었다. 세 번째 사진을 찍을 때 부랑자가 자신이 포즈를 취하겠노라 하자 루셀로트도 순순히 그에 응했다. 모두 해서 여덟 장을 찍었는데 그중에는 부랑자가 무릎을 꿇고 팔을 십자로 포갠 사진과 벤치에서 자는 사진, 강물을 바라보며 사색에 잠긴 사진, 웃으며 손 인사를 하는 사진도 있었다. 촬영이 끝나자 루셀로트는 그에게 지폐 두 장과 주머니에 있던 동전을 죄다 꺼내 줬다. 두 사람은 뭔가 할 말이 있으면서도 서로 쉽사리 말을 붙이지 못한 채 서 있었다. 어디에서 오셨습니까? 부랑자가 물었다. 아르헨티나 부에노스아이레스에서 왔습니다, 루셀로트가 말했다. 이런 우연이 있나, 나도 아르헨티나 왔는데, 부랑자가 스페인어로 말했다. 이 말에 루셀로트는 눈 하나 깜짝하지 않았다. 부랑자는 탱고 한 소절을 흥얼거리더니 벌써 15년 넘게 유럽에서 살고 있고 이곳 생활이 행복하며 때로는 지혜를 얻었다고 말했다. 루셀로트는 부랑자가 프랑스어를 할 때와 다르게 반말을 쓰고 있다는 걸 깨달았다. 목소리 톤까지 변해 있었다.

루셀로트는 그날이 지나면 심연으로 추락할 것 같은 예감에 진저리 치며 깊은 슬픔에 잠겼다. 부랑자가 이를 눈치채고 무슨 걱정거리가 있느냐고 물었다.

없어, 여자 걱정이지 뭐, 루셀로트도 부랑자의 말투를 따라 하려 했다. 뒤이어 조금은 황급히 작별 인사를 하고 계단을 오르고 있을 때 확실한 건 죽음밖에 없다는 부랑자의 목소리가 들렸다. 난 엔소 체루비니요. 세상에 유일한 진실은 죽음밖에 없소이다! 그의 말이 들렸다. 루셀로트가 뒤를 돌아봤을 때, 부랑자는 반대쪽으로 멀어지고 있었다.

밤에 시몬에게 전화를 했지만 집에 없었다. 아이를 돌보는 노파와 잠깐 통화하고 전화를 끊었다. 밤 10시에 리켈메가 찾아왔다. 루셀로트는 밖에 나가고 싶지 않아서 열이 나고 어지럽다고 말했지만 어떠한 변명도 먹히지 않았다. 파리가 자기 동료를 어떤 반론도 허용치 않는 사람으로 바꿔 놨다는 생각에 씁쓸해졌다. 그날 밤 그들은 라신 가의 숯불고기 전문 식당에서 저녁 식사를 했는데 그 자리에 파코 모랄이라는 스페인 기자도 합석했다. 그 기자가 이따금씩 부에노스아이레스 말투를 흉내 냈는데 엉망이었다. 그는 프랑스 영화보다 스페인 영화가 훨씬 밀도 있고 뛰어나다고 생각했으며 리켈메도 어느 정도 그 말에 공감했다.

저녁 식사가 생각보다 길어지면서 루셀로트의 몸 상태가 악화되기 시작했다. 새벽 4시에 호텔로 돌아왔을 땐 열이 오르더니 구역질이 났다. 정오가 다 돼서야 일어났는데 파리에서 몇 년을 보낸 것 같은 느낌이었다. 재킷 주머니를 뒤져 리켈메한테서 억지로 뺏은 전화기로 모리니에게 전화를 걸었다. 리켈메가 말한 사람으로 보이는 여자가 전화를 받더니 모리니가 며칠간 부모님과 지내려고 아침에 떠났다고 전했다. 불현듯 루셀로트는 그녀가 거짓말을 하거나 영화감독이 떠나기 전에 그녀에게 거짓말을 했을 거라는 생각이 들었다. 루셀로트는 자기를 아르헨티나 기자라 소개하고 아르헨티나에서 멕시코에 이르기까지 아메리카 대륙에 막대한 부수를 꾸준히 보급하고 있는 잡지에 인터뷰를 싣고자 한다고 말했다. 더불어 이틀 내로 귀국행 비행기를 타야 하기 때문에 시간이 많지 않다면서 조심스레 모리니 부모님이 사는 주소를 달라고 했다. 더 이상 억지 부릴 필요도 없었다. 여자는 정중히 그의 말을 경청하더니 마을과 길 이름, 번지를 알려 줬다.

루셀로트는 고마움을 전하고 곧바로 시몬에게 전화를 걸었다. 아무도 없었다. 그러고 보니 그는 며칠인지도 모르고 있었다. 호텔 종업원에게 물어볼까 했으나 왠지 겸연쩍었다. 리켈메에게 전화했다. 수화기 건너편에서 걸걸하게 쉰 목소리가 들려왔다. 루셀로트는 그에게 모리니의 부모님이 사는 곳이 어디쯤인지 아느냐고 물었다. 모리니? 리켈메가 말했다. 루셀로트는 기억을 상기시키려고 무슨 일이 있었는지 설명했다. 전혀 모르겠어, 리켈메는 그렇게 말하고 전화를 끊었다. 루셀로트는 순간적으로 화가 치밀었지만 리켈메가 자기 일에 관여

31 Gustave Flaubert(1821~1880). 루앙 출생의 프랑스 작가로 프랑스 사실주의 문학을 대표하는 『보바리 부인』의 저자이다.
32 아로망슈는 마르셀 프루스트Marcel Proust(1871~1922)가 휴가를 보내곤 하던 프랑스 북부 해안의 카부르 인근 도시다. 카부르는 그의 작품 『잃어버린 시간을 찾아서À la recherche du temps perdu』에서 발베크로 나온다.

하지 않는 편이 낫겠다고 생각했다. 그 뒤로 호텔에 돌아가 짐을 챙겨 기차역으로 향했다.

노르망디로 가는 길은 파리에서 생긴 일을 정리할 수 있을 만큼 긴 여행이었다. 그의 뇌리에 절대 영도의 느낌이 번뜩하더니 영원 속으로 희미하게 사라져 버렸다. 기차가 루앙에 멈췄다. 만약 그가 다른 아르헨티나인에 다른 상황이었다면 플로베르[31]의 자취를 찾아 사냥개처럼 순식간에 거리로 뛰쳐나갔을 것이다. 루셀로트는 역 안에서 20분 동안 캉으로 가는 기차를 기다리며 프랑스 여인의 우아함을 풍기는 시몬을 생각했다. 또한 리켈메와 그의 낯선 기자 친구를 떠올리며 그들은 타인의 이야기가 아무리 특이해도 속으로는 자기네의 불운에 골몰하는 사람들이라고 생각했다. 사실 알고 보면 그다지 이상할 것도 없었다. 오히려 자연스러운 일이었다. 사람들은 자기 일만 걱정하지, 루셀로트는 무겁게 말을 토했다.

캉에서 택시를 타고 르 하멜로 갔다. 파리에서 받은 주소가 호텔이라는 사실에 적잖이 놀랐다. 호텔은 4층 건물이었는데 매력 없어 보이진 않았다. 하지만 성수기 전까지는 영업을 하지 않았다. 반 시간 동안 루셀로트는 모리니 집의 여자가 장난친 건 아닐 거라 생각하며 주위를 배회하다 지쳐서 결국 항구로 걸음을 옮겼다. 어느 바에서 알려 주기를 르 하멜에서 영업 중인 호텔을 찾는 건 거의 불가능하다고 했다. 빨간 머리에 시체처럼 허연 주인은 아로망슈에서 숙박하라고 알려 줬다. 문 닫는 법이 없는 여인숙에서 잘 게 아니라면 말이다. 루셀로트는 고맙다고 인사하고 택시를 잡았다.

아로망슈에서 그나마 가장 괜찮은 호텔을 잡았다. 돌

과 벽돌, 나무로 지은 큰 건물이 강풍에 삐걱거렸다. 오늘 밤엔 프루스트 꿈을 꿔야겠군, 혼잣말을 했다.[32] 그리고 시몬에게 전화를 걸었다. 하지만 아이를 돌보는 노파와 통화해야 했다. 새벽 4시까진 오지 않을 거요, 오늘 한바탕 술판이 벌어지거든, 노파가 말했다. 뭐라고요? 루셀로트가 말했다. 노파가 말을 되풀이했다. 맙소사, 루셀로트는 생각했다. 인사도 없이 전화를 끊었다. 그리고 그날 밤 그는 프루스트가 아니라 부에노스아이레스 꿈을 꿨는데, 아르헨티나 펜클럽에 가입한 수천 명의 리켈메가 나타났다. 모두들 프랑스로 가는 표를 들고 아우성치며 누군가의 이름에 저주를 퍼붓고 있었는데 그것이 사물의 이름인지 사람의 이름인지 제대로 들리지 않았다. 그건 누구도 밝히고 싶어 하지 않는, 하지만 사람들의 내면을 파괴하는, 비밀번호나 트라바렝구아스[33] 같았다.

이튿날 아침 식사를 하던 중 돈이 바닥났다는 걸 알고 정신이 아찔했다. 아로망슈에서 르 하멜까지는 3~4킬로미터밖에 되지 않아서 걸어가기로 마음먹었다. 제2차 세계 대전에서 영국군이 이 해변에 상륙했겠군, 기운을 차리려 혼잣말을 했다. 그렇지만 기운이 날 리 없었으니, 반 시간이면 갈 줄 알았던 3킬로미터를 가는 데 한 시간도 더 걸렸다. 그는 걸음을 옮기며 유럽에 올 때 돈을 얼마나 가져왔는지, 프랑스에선 얼마가 있었는지, 식사비로 얼마를 썼고 시몬과 쓴 돈이 얼만지 생각하며, 꽤 썼네, 라고 우수에 젖어 혼잣말을 하고, 리켈메와는 얼마를 썼는지, 택시비는 얼마였으며(계속 당했네!), 도둑의

[33] 발음하기 어려워 실수를 유발하는 구문.

희생양이 됐으면서도 눈치채지 못한 경우가 있었는지 가늠해 봤다. 그는 자기를 등쳐 먹은 사람이 리켈메와 스페인 기자뿐이라고 단호하게 결론 내렸다. 무수한 사람이 죽은 곳을 풍경으로 그런 생각을 한다는 게 엉뚱해 보이진 않았다.

해변에서 모리니의 호텔을 바라봤다. 다른 사람이라면 그렇게 고집부리지 않았을 것이다. 호텔 주변을 배회하는 짓은 자기의 우둔함과 야수적 포악성을 인정하는 꼴이었다. 루셀로트는 그 포악함을 파리의 포악성, 영화의 포악성, 심지어 문학의 포악성이라 불렀다. 물론 루셀로트가 보기에 문학이라는 말엔 여전히 허영이, 솔직히 말해, 어떤 허영의 면모가 있었다. 사실 다른 사람이라면 그날 아침 아르헨티나 대사관에 전화를 걸어 그럴듯한 말로 숙박비를 지불할 돈을 빌리고 있었을 것이다. 하지만 루셀로트는 전화를 걸기는커녕 태연히 벨을 눌렀고 한 노파가 1층 유리창 밖을 내다보며 무슨 일이냐고 묻는 말에도 놀라지 않았다. 노파 역시 그의 대답에 놀라지 않았다. 아드님을 만날 수 있을까요. 노파가 사라지자 루셀로트는 문밖에서 기다렸다. 그 기다림의 시간이 영원할 것만 같았다.

가끔씩 이마에 손을 올려 열이 나는지 확인하고 맥을 짚어 봤다. 마침내 문이 열리자 구릿빛에 가까운 얼굴에 마른 체구, 큰 귀에 악벽이 있을 것 같은 인상의 남자가 나타났는데 왠지 친근하게 느껴졌다. 모리니가 들어오라고 했다. 부모님께서 30년 넘게 이 호텔 집사로 일하고 계십니다, 그가 말했다. 두 사람은 로비로 갔다. 로비의 안락의자는 호텔 로고가 찍힌 넓은 천으로 덮여 있었는데 그 위로 먼지가 수북이 쌓여 있었다. 한쪽 벽에는 르 하멜 해변에서 1910년대 유행하던 수영복을 입은 사람들을 그린 유화가 있었고 맞은편 벽에는 저명한 고객들의 (어쩌면 그렇게 보이는) 희뿌연 초상화 컬렉션이 그들을 내려다보고 있었다. 저는 알바로 루셀로트라고 합니다. 『고독』이라는 작품을 썼지요. 그러니까 『팜파스의 밤』의 저자입니다, 루셀로트가 말했다.

모리니는 잠시 뒤에야 반응을 보였다. 그는 자리에서 벌떡 일어나 무섭게 고함을 치더니 호텔 복도로 사라져 버렸다. 그런 식의 반응이 나올 거라고는 전혀 예상치 못한 루셀로트는 그 자리에 그대로 앉은 채 담배에 불을 붙이고(담뱃재가 양탄자 위에 떨어졌다) 서글픔에 시몬과 시몬의 아들, 그리고 살면서 맛본 것 중 가장 맛있는 크루아상이 나오던 파리의 카페를 떠올렸다. 이윽고 그는 자리에서 일어나 모리니를 불렀다. 이봐요, 아주 단호한 어조는 아니었다. 이봐요, 이봐요, 이봐요.

루셀로트는 청소 도구를 모아 둔 작은 방에서 모리니를 찾아냈다. 유리창이 열려 있었다. 그는 그곳을 둘러싼 정원과 어두운 격자창 틈으로 살짝 내다보이는 별채에 딸린 이웃 정원에 최면이라도 걸린 것 같았다. 루셀로트가 다가가 그의 등을 토닥거렸다. 모리니가 훨씬 왜소하고 약해 보였다. 두 사람은 한동안 정원 곳곳을 바라보고만 있었다. 이윽고 루셀로트가 파리에 머무는 호텔과 그날 머물고 있는 호텔 주소를 종이에 적어 감독의 바지 주머니에 넣었다. 그는 그게 비난받을 짓이라는 생각이 들었다. 그런데 아로망슈로 돌아가는 길에 되짚어 보니 그가 파리에서 했던 모든 일이 비난받을 짓이고 헛된 것이며 무의미하고 웃긴 짓으로 여겨졌다. 내가 목을 매달아야겠네, 해변을 걸으며 생각했다.

아로망슈로 돌아오는 길에 그는, 이성적인 사람이라면 누구나 그랬겠지만, 남은 돈이 없다는 걸 확인했다. 시몬에게 전화를 걸어 처지를 설명하고 돈을 빌렸다. 시몬은 처음엔 돈이 없다고 했다. 그러자 루셀로트는 빌리는 거라면서 30퍼센트 이자를 쳐서 갚겠노라 말했다. 결국 그 일은 서로 웃으면서 정리됐다. 시몬은 그에게 딴짓하지 말고 호텔에 머물러 있으라면서 아는 친구한테 차를 빌리는 즉시 몇 시간 내로 찾아가겠노라 말했다. 또한 몇 번이고 내 사랑이라는 표현을 썼다. 이에 루셀로트도 내 사랑이라는 말로 화답했는데 그때만큼 그 말이 달콤할 수 없었다. 남은 시간 동안 루셀로트는 정말로 아르헨티나 작가가 된 것 같은 느낌이었다. 그건 자신에 대해서도 아르헨티나 문학의 가능성에 대해서도 확신하지 못하여 최근 며칠, 아니 최근 몇 년 전부터 의심하던 바였다.

두 편의 가톨릭 이야기

I. 천명

1. 나는 열여섯 살이었고 나의 하루는, 그러니까 나의 나날들, 그 하루하루는 끊임없는 동요였다. 재미라곤 없었고 그 무엇도 내 가슴에 쌓인 번뇌를 덜어 주지 못했다. 나는 순교자 성 비센테[34]로 상징되는 세계 속에서 예기치 못한 인물로 살았다. 발레로 주교의 집사로서 304년 통치자 다시아노의 고문으로 순교한 성 비센테시여, 나를 믿어 주소서! 2. 나는 가끔 후아니토와 얘기했다. 아니, 가끔이 아니다. 자주 그랬다. 그의 집 소파에서 영화 얘기를 하곤 했다. 후아니토는 게리 쿠퍼[35]를 좋아했다. 그는 품위, 절도, 순수한 영혼, 용기를 언급했다. 절도라니? 용기라니? 그의 확신 뒤에 숨겨진 게

---

34 Vicente de Zaragoza(?~304) 스페인 가톨릭 사제이자 성 발레로 주교의 집사였다. 당시 로마 황제 디오클레티아누스는 303년 제국 칙령을 선포하고 그리스도교를 강하게 박해한다. 이에 따라 로마에서 스페인으로 파견된 집정관 다시아노가 사라고사의 주교 발레로를 추방하고 비센테를 체포하는데, 비센테는 고문 중 사망한다. 이후 교회는 그를 순교자로 추대하고 1월 22일을 추모일로 정했다. 현재 스페인 아빌라에 그를 추모하는 성 비센테 바실리카가 있다.

35 Gary Cooper(1901~1961). 미국 배우. 대표작으로 「디즈 씨 도시에 가다」, 「요크 상사」 등이 있다.

뭔지 그의 면전에 대고 쏘아붙일 수도 있었지만, 그가 나 아닌 딴 데를 보거나, 눈까풀을 깜빡이거나, 자기 말을 곱씹고 있으면 나는 입술을 깨물며 팔걸이에 손톱을 숨기고 있었다. 하지만 내가 명상을 한 건 아니었다. 오히려 순교자 성 비센테의 이미지들이 회전목마 돌듯 떠올랐다. 3. 맨 먼저, 나무 십자가에 묶여 갈고리에 살이 찢기며 관절들이 탈구된다. 그리고 숯불에 올린 석쇠 위에서 불 고문을 받는다. 이윽고 지하 감옥에 감금된다. 감옥 바닥엔 유리와 도자기 파편이 깔려 있다. 뒤이어 순교자의 시체가 황량한 땅에 버려지고 까마귀가 늑대의 식욕에 맞서 시체를 지켜 낸다. 나중엔 맷돌에 목이 묶인 채 배에서 바다로 버려진다. 이후, 그의 육신이 파도에 떠밀려 해안에 닿고, 어느 어진 어머니와 그리스도교인들이 그를 경건하게 그곳에 묻어 준다. 4. 가끔씩 어지럽다. 구역질이 난다. 후아니토는 최근 본 영화 얘기를 하고 나는 고개를 끄덕거리고 있는데, 아주 깊은 호수 바닥에 있는 것 같은 소파 때문에 숨이 막힌다. 영화관도 기억나고 입장권을 사던 순간도 기억나는데, 내 친구, 하나밖에 없는 내 친구가 들려주는 장면은 기억나지 않는다. 그 깊은 호수의 어둠이 모든 것을 집어삼킨 것처럼. 입을 열면 물을 먹겠지. 숨을 쉬면 물이 쳐들어오겠지. 살아 있으면 물이 쳐들어올 테고 그러면 나의 폐는 수 세기에 걸쳐 물바다가 되겠지. 5. 가끔씩 후아니토의 어머니가 방에 들어와 내게 일상적인 질문을 하곤 하셨다. 학업은 어떤지, 무슨 책을 읽는지, 시 외곽에서 열린 서커스는 보러 갔는지 말이다. 후아니토의 어머니는 늘 아주 우아하게 차려입으셨고 우리처럼 영화에 푹 빠져계셨다. 6. 가끔 그녀가 꿈에 나오기도 했다. 그녀의 침실 문을 열었는데 침대도 화장대도 옷장도 없는 빈방이었다. 방바닥엔 붉은 벽돌이 깔려 있었는데 그 벽돌은 긴 복도, 아주 긴 복도로 이어지는 출입구의 작은 대기실을 만들 때만 쓰는 것이었다. 그 긴 복도는 산을 꿰뚫고 프랑스로 연결되는 고속 도로 터널 같았다. 이 꿈에선 터널이 산속 고속 도로가 아닌 나와 가장 친한 친구의 어머니 방에 있었다. 난 그가 나의 가장 친한 친구라는 사실을 늘 기억할 필요가 있다. 그리고 그 터널은 우리가 보통 지나는 산속 터널이 아니라 1월 하반월이나 2월 상반월의 정적처럼 아주 깨지기 쉬운 정적에 휩싸인 것 같았다. 7. 흉악한 밤의 극악한 행위들. 후아니토에게 말했다. 흉악한 밤의 극악한 행위들? 흉악한 밤이라서 행위가 극악하다는 거야, 아니면 행위가 극악해서 흉악한 밤이라는 거야? 무슨 질문이 그래, 나는 울먹이듯 말했다. 너 미쳤구나. 넌 이해 못 해, 창밖을 내다보며 내가 말했다. 8. 후아니토의 아버지는 키는 작지만 대담한 분이다. 군인 시절 전쟁에서 여러 번 부상을 당했다. 그는 유리 덮개가 있는 상자에 훈장들을 넣어 서재 한쪽 벽에 걸어 뒀다. 후아니토가 그러는데, 도시로 돌아온 아버지는 아무도 알아보지 못했고, 사람들은 아버지를 두려워하거나 원한 서린 눈으로 봤다고 한다. 이곳에서 몇 달 지나서야 어머니를 알게 됐지, 후아니토가 말했다. 5년 동안 연애했어. 그러고 나서야 아버진 어머니를 예식장에 세우셨지. 우리 이모가 가끔 후아니토의 아버지 얘기를 했다. 이모는 그가 명예로운 경찰서장이

36 브랜디나 럼주를 넣은 커피.

라고 했다. 적어도 사람들은 그렇게 얘기했다. 하녀가 주인집의 물건을 훔치기라도 하면 후아니토의 아버지는 그녀를 3일 동안 가두고 빵 조각 하나 주지 않았다. 4일 후에 그가 별도로 하녀를 취조하면 하녀는 서둘러 죄를 인정하고 보석이 있던 정확한 장소와 그것을 훔친 머슴 놈의 이름을 자백했다. 그러면 경찰들이 사내를 체포해서 감옥에 넣었고 후아니토의 아버지는 다시는 돌아오지 말라며 하녀를 기차에 태워 떠나보냈다. 9. 온 마을 사람들이 그의 행동을 치켜세웠다. 그녀에 대한 처결이 경찰서장의 지적 능력을 보여 주는 것이라는 듯이 말이다. 10. 후아니토의 아버지가 처음 이곳에 왔을 땐 카지노를 들락거리며 노름꾼들과 어울렸다. 당시에 후아니토의 어머니는 열여섯 살이었고 집 안 어딘가에 걸려 있는 사진으로 보건대 지금보다 훨씬 금발이었다. 그녀는 도시 북부에 있는 수녀 학교 코라손 데 마리아에서 학업을 마친 상태였다. 당시 후아니토의 아버지는 서른 즈음이었다. 그는 지금은 퇴직했지만 아직도 오후만 되면 카지노에 가서 카라히요[36]나 코냑을 마시고 그곳 노름꾼들과 주사위 게임을 한다. 이젠 노름꾼들도 예의 그 노름꾼들이 아니지만 그들과 다를 게 없다. 모두들 그의 덕을 보고 있기 때문이다. 마드리드에 사는 후아니토의 형은 유명한 변호사다. 후아니토의 누나도 결혼해서 마드리드에 살고 있다. 이 빌어먹을 집에 나만 남았어, 후아니토가 말했다. 나만! 나만 남았다고! 11. 갈수록 도시가 횅하다. 나는 가끔 모두가 떠나려고 각자 방에서 짐을 꾸리고 있다는 기분이 든다. 행여 내가 떠난다면 나는 짐을 꾸리지 않을 것이다. 얼마 담지도 못할 작은 꾸러미조차 챙기지 않을 것이다. 두 손에 얼굴을 묻고 있을 때면 쥐가 벽을 타는 소리가 들린다. 성 비센테여, 내게 힘을 주소서. 성 비센테여, 절제심을 주소서. 12. 넌 성자가 될 거니? 2년 전 후아니토의 어머니가 내게 물었다. 예, 아주머니. 훌륭한 생각이구나. 하지만 아주 훌륭한 성자가 되어야 한다. 그럴 거지? 그렇게 되려고 해야죠, 아주머니. 그리고 1년 전, 헤네랄 몰라 가를 지나고 있을 때 후아니토의 아버지가 내게 인사를 건네며 멈추더니 엔카르나시온의 조카냐고 물었다. 예, 아저씨, 내가 대답했다. 그럼 네가 신부가 되려는 아이구나? 미소를 지으며 그렇다고 했다. 13. 왜 미소를 지으며 동의하는 걸까? 왜 멍청하게 미소를 지으며 용서를 구하는 걸까? 왜 멍청이처럼 상대를 보며 미소 짓는 걸까? 14. 겸손해 보이려는 것이다. 15. 좋은 일이구나, 후아니토의 아버지가 말했다. 아주 좋아. 공부를 많이 해야겠구나, 그렇지? 미소를 지으며 그렇다고 했다. 영화는 줄여야겠지? 예, 아저씨, 영화관엔 잘 안 가요. 16. 몸을 곧추세우고 멀어지는 후아니토 아버지의 모습이 발뒤꿈치를 들고 걸어가는 것 같았다. 나이가 들었어도 여전히 강인해 보였다. 단 한 번의 흔들림이나 주저함도 없이, 진열창에 눈길 한 번 주지 않고 비드리에로스 가로 이어지는 계단을 내려가는 그가 보였다. 반대로 후아니토의 어머니는 늘 진열창에 눈을 빼앗겼고 때로는 가게에 들어갔다. 만약 당신이 그녀를 지켜보며 밖에서 기다려 본다면 그녀의 웃음소리가 가끔 들릴 것이다. 입을 열면 물을 먹겠지. 숨을 쉬면 물이 쳐들어오겠지. 살아 있으면 물이 쳐들어올 테고 그러면 나의 폐는 수 세기에 걸쳐 물바다가 되겠지. 17. 야, 인마, 너 뭐 될 거야? 후아니토가 내게 말했다. 뭐가 될 거냐고 아니면 뭘 할 거냐고. 내가 말했다. 뭐 될 거냐고, 인마. 신께서 알아서 하시겠지, 내가 말했다. 신께서 우리에게 각자의 자리를 주신단다, 이모는 그리 말했다. 우리 집안은 좋은 집안이었어. 우리 가문에 군인은 없었지만 신부님은 있었지. 누가 있는데요, 나는 잠에 빠져들며 물어봤다. 이모는 말을 얼버무렸다. 눈 덮인 광장에 팔 물건을 들고 나온 농부들이 눈을 쓸고 느릿느릿 천막을 세우고 있었다. 사라고사 주교의 집사는 304년에 — 물론 305년, 306년, 307년, 혹은 303년일 수도 있다 — 체포되어 발렌시아로 이송됐다. 거기에서 집정관 다시아노의 잔혹한 고문을 받다 목숨을 잃었다. 18. 왜 성 비센테가 붉은 옷을 입었는지 알아? 후아니토에게 물었다. 몰라. 왜냐면 모든 교회 순교자들은 특별하게 보여야 하니까 붉은 옷을 입는 거야. 이 녀석 똑똑하구나, 수비에타 신부님이 말했다. 뼛속까지 추위가 파고드는 수비에타 신부님의 서재엔 우리밖에 없었다. 신부님의 옷에서 검은 담배와 신 우유 냄새가 섞여 났다. 세미나에 들어오려면 얼마든지 오려무나. 신의 부르심, 천명을 받으면 네 몸이 떨리는 게 느껴질 게다, 하지만 심각하게 생각진 말고. 나는 떨렸던가? 땅이 흔들리는 걸 느꼈던가? 신과의 성스러운 소통의 현기증을 경험했던가? 19. 심각할 거 없다, 심각할 거 없다. 빨갱이들은 다 똑같이 입어, 후아니토가 말했다. 빨갱이들은 카키색을 입지, 녹색 말이야, 위장 장식도 달고, 내가 말했다. 아니지, 엿 같은 빨갱이들은 빨갛게 입어, 후아니토가 말했다. 창녀들도 그렇고. 구미가 당기는 말이었다. 창녀들? 어디 창녀들? 여기 사는 창녀들 말이야, 마드리드에 사는 창녀들도 마찬가지일걸, 후아니토가 말했다. 여기 이 도시에? 그래, 후아니토는 그렇게 대답하더니 화제를 바꾸려 했다. 이 도시, 이 동네, 이 버려진 곳에 창녀가 있다고? 그렇다니까, 후아니토가 말했다. 난 네 아버지께서 다 교화하신 줄 알았는데. 교화? 우리 아버지가 사제라도 되는 줄 알았냐? 아버진 전쟁 영웅에, 나중엔 경찰이셨잖아. 아버진 아무것도 교화하지 않아. 조사하고 찾아내지. 그게 다야. 그럼 넌 어디서 창녀들을 봤는데? 모로 언덕에서, 걔네들 늘 거기 살았어, 후아니토가 말했다. 맙소사. 20. 이모님이 그러는데, 성 비센테가. 이모 얘기, 성 비센테 얘기 좀 그만해라, 네 이모는 정신이 있으신 거야? 서기 3백 년까지 거슬러 올라가는 족보가 있겠어? 그렇게 오래된 집안 본 적 있어? 알바 집안[37]도 그렇진 않겠다. 그리고 뜸을 들이더니 이렇게 말했다. 네 이모님이 나쁜 사람이라는 게 아니라, 좋은 분이시지, 그런데 분별력이 흐리신 것 같아서 그렇지. 오후에 영화 볼래? 클라크 게이블[38] 나오는 영화 한다는데. 다녀와, 다녀와, 이틀 전에 봤는데 아주 재밌더라, 후아니토의 어머니가 말했다. 엄마, 얘는 돈이 없단 말예요, 후아니토가 말했다. 그럼 네가 빌려 주면 되잖니, 그렇게 맞춰 가며 사는 거야, 후아니토의 어머니가 말했다. 21. 신이시여, 내 영혼을 가엾이 여기소서. 나는 가끔 세상 모든 이가 죽어 버렸으면 합

---

37 알바 데 토르메스가(家)는 14세기부터 내려온 스페인 귀족 가문이다.
38 Clark Gable(1901~1960). 미국 배우. 「바람과 함께 사라지다」에서 레트 버틀러 역을 맡았다.

니다. 내 친구, 그의 어머니와 아버지, 내 이모님, 모든 이웃들, 행인들, 강가에 주차한 운전자들, 그리고 그 강 옆 공원에서 뛰노는 가련하고 순수한 아이들까지도. 신이시여 제 영혼에 믿음을 주시고 저를 더 나은 사람으로 만드소서. 그게 어렵거든 절 사라지게 하소서. 22. 만약 세상 모든 이가 죽어 버리면 그 많은 시체 앞에 난 어찌할까? 나는 도시라고 하기에도 어설픈 이곳에서 어찌 살아갈까? 내가 그 모두를 묻어 줘야 하나? 그 시체들을 강에 버려야 하나? 살이 썩기 전에 얼마나 처리할 수 있을까? 아, 눈이 있었지. 23. 눈이 이 도시의 거리를 뒤덮었다. 우린 영화관에 들어가기에 앞서 밤과 아몬드 과자를 샀다. 우린 코끝까지 목도리를 하고 있었다. 후아니토는 웃으면서 오래전 네덜란드의 아시아 식민지에서 벌어진 모험 얘기를 했다. 위생 문제로 음식 반입이 금지돼 있었지만 후아니토는 들여보내 줬다. 게리 쿠퍼가 연기했다면 더 좋았을 것을, 후아니토가 말했다. 아시아. 중국인. 나병 환자들. 모기들. 24. 밖으로 나서며 우리는 쿠치요스 가에서 헤어졌다. 나는 가만히 눈을 맞았고 후아니토는 자기 집 쪽으로 달려갔다. 어린 놈, 나는 생각했다. 하지만 후아니토는 나보다 한 살 적을 뿐이다. 녀석이 사라지자 나는 토넬레로스 가를 따라 소르도 광장까지 올라간 후, 방향을 틀어 옛 성채의 성벽을 따라 모로 언덕으로 향했다. 가로등 불빛에 눈이 반짝였고 오래된 집들의 벽은 쓰러져 갔지만 자연스럽고 고요하게 화려한 과거를 머금고 있는 것 같았다. 하얀 눈이 쌓인 유리창을 들여다보니 잘 정돈된 거실이 보였다. 한쪽 벽엔 예수 성심상이 있었다. 하지만 보지도 듣지도 못하는 사람처럼 그림자가 드리운 길을 따라 몸을 숨기며 계속 올라갔다. 카달소 소광장에 도착했을 때, 비로소 그 길을 오르면서 그 어떤 행인과도 마주치지 않았음을 알았다. 날이 이리 추운데 그 누가 따뜻한 집을 마다하고 지독하게 추운 길거리에 나오겠어, 혼잣말을 했다. 해는 이미 저물었다. 소광장에선 동네 불빛들, 돈 로드리고 광장에서 이어지는 다리들, 동쪽으로 굽어지는 강줄기가 보였다. 하늘엔 별이 빛나고 있었다. 그 별들이 눈송이 같았다. 신의 명으로 내리지 못하고 하늘에 멈춰 서 있지만 그래도 눈송이다. 25. 추위에 벌벌 떨었다. 이모네로 돌아가 난로를 끼고 핫 초콜릿과 수프를 먹기로 했다. 피로가 쏟아지며 어지러웠다. 돌아가는 길을 잡았다. 그때 그가 보였다. 처음엔 그저 그림자로 보였다. 26. 한데 그림자가 아니라 수도사였다. 복장으로 보니 프란체스코회 수도사 같았다. 수도복의 모자가 너무 큰 나머지 생각에 잠긴 그의 얼굴을 완전히 가리고 있었다. 어떻게 생각에 잠겼다는 걸 아느냐고? 그가 고개를 숙이고 있었기 때문이다. 27. 어디서 오는 길일까? 어디서 나오는 길일까? 상관없다. 죽음을 목전에 둔 사람에게 병자 성사를 하고 오는 길일 수도 있었다. 아픈 아이를 보고 오는 길일 수도 있었다. 가난한 자에게 얼마 되지 않는 음식을 전하고 오는 길일 수도 있었다. 그가 아무 소리도 내지 않고 걸었다는 것만은 분명하다. 처음엔 유령인 줄 알았다. 나는 이내 내 발자국은 물론 모든 발자국이 눈에 지워지고 있음을 알았다. 28. 그는 맨발이었다. 그것을 본 순간, 나는 어떤 섬광에 맞은 느낌이었다. 나는 모로 언덕을 내려갔다. 산타바르바라 교회를 지날 즈음 그는 성호를 그었다. 눈 속에서 반짝이는 그의 정순한 발자국은 신의 메시지 같았다. 나는 그 투명한 발자국, 그토록 오래 기다려 온 화답에 무릎 꿇고 입 맞추고 싶었지만 그 비좁은 골목들 사이로 그의 모습을 놓칠까 봐 그러지 못했다. 우리는 중심가를 지나갔다. 대광장을 가로지르고 다리를 건넜다. 수도사는 교회에서도 그러하듯, 너무 느리지도 빠르지도 않은 총총걸음으로 걷고 있었다. 29. 우리는 플라타너스 가로수가 늘어선 산후르호 대로를 따라 역에 이르렀다. 역은 꽤 따뜻했다. 수도사는 화장실에 들른 후 기차표를 샀다. 하지만 그가 나올 때 나는 그가 신발을 신고 있음을 알아챘다. 그의 발목은 사탕수수처럼 가늘었다. 수도사가 플랫폼으로 나갔다. 고개를 떨어뜨리고 앉아서 기차를 기다리며 기도하고 있었다. 나는 추위에 떨며 플랫폼 기둥 뒤에 숨어 있었다. 기차가 도착하자 수도사는 놀라울 만큼 익숙하게 차량에 올랐다. 30. 혼자 역을 나오면서 눈 위에 남은 그의 맨발 자국을 찾아보려 했지만 흔적조차 보이지 않았다.

II. 우연

1. 내 나이가 얼마일 것 같으냐고 그에게 물었다. 예순이라고 대답했지만 그도 내가 그 나이가 아니라는 걸 알고 있었다. 내가 그리 상태가 안 좋소? 그에게 물었다. 안 좋다 못해 최악이지, 그가 말했다. 그럼 당신은 건강하다 생각합니까? 그에게 말했다. 그런데 건강하다면서 왜 그리 떠는 겁니까? 추워서? 정신은 말짱하시오? 그리고 뭣 때문에 느닷없이 다미안 바예 경찰관 애

기를 꺼내는 겁니까? 아직도 경찰입니까? 뭐 변한 건 없고? 그가 말하길, 변하긴 했지만 여전히 개 같은 짓을 하는 놈이라고 했다. 아직 경찰입니까? 아직도 자기가 경찰인 줄 알지, 그가 말했다. 은퇴를 했든 병원에서 죽어 가고 있든 널 손볼 생각이라면 그리하고도 남지. 왜 그리 떠는 겁니까? 잠시 골몰하다 그에게 말했다. 추워서 그래, 이도 아프고. 거짓말이었다. 이제 다미안 얘기는 꺼내지 마세요, 내가 말했다. 내가 그 얼뜨기의 친구라도 되는 줄 아십니까? 내가 짭새들과 놀아나기로 했답디까? 아니, 그가 말했다. 그러니 그 사람 얘긴 하지 마세요. 2. 그가 잠시 생각에 잠겼다. 무슨 생각을 하는지 알 수 없었다. 그러더니 내게 빵 한 조각을 건넸다. 딱딱하게 굳어 있었다. 그런 음식을 먹으니 이가 안 아프고 배기냐고 했다. 정신 병원에선 훨씬 잘 먹었는데, 그것도 음식으로 칠 수 있다면, 그에게 말했다. 이제 가 봐, 비센테, 노인이 내게 말했다. 자네가 여기 있는 걸 아는 사람이 있나? 그렇다면 다행이네! 누가 보기 전에 떠나. 아무한테도 인사하지 말고. 바닥에서 시선을 떼면 안 되네. 최대한 빨리 나가게. 3. 하지만 난 바로 나오지 않았다. 노인 앞에 쭈그리고 앉아 호시절을 떠올렸다. 머릿속이 하얘졌다. 머릿속이 타는 것 같았다. 내 앞의 노인은 모포로 몸을 말고 먹을 게 없는데도 뭔가 씹는 듯 턱을 까닥이고 있었다. 정신 병원에서 보낸 몇 해가 기억났다. 주사 접종, 호스로 세척하기, 밤이면 사람들을 묶어 두던 밧줄들. 그 기막힌 도르래로 세워 둘 수 있는 기묘한 침대도 다시 떠올랐다. 5년이 지나서야 나는 그 침대의 용도를 알았다. 환자들은 그 침대를 아메리카 침대라 불렀다. 4. 누워서 자는 데 익숙한 인간이 서서 잘 수 있나? 그렇다. 처음에는 어렵다. 하지만 잘 묶어 두면 가능하다. 아메리카 침대는 그런 용도였다. 그 침대에선 누워서도 서서도 잘 수 있었다. 그 침대를 처음 봤을 때 나는 환자를 체벌하는 것으로 생각했지만 사실 환자가 구토하다가 기도 폐쇄로 죽는 걸 방지하려는 것이었다. 5. 물론 아메리카 침대와 말을 나누는 환자도 있었다. 침대에 존칭을 썼다. 침대에 대고 마음속 얘기도 들려줬다. 그 침대에 겁을 먹는 환자들도 있었다. 몇몇은 침대가 자기한테 윙크한다고 했다. 누군가는 침대가 자기를 겁탈했다고도 했다. 침대가 널 따먹었다고? 좆 됐네, 이 친구! 밤이 되면 아메리카 침대들이 똑바로 서서 복도를 따라 식당에 모여서 영어로 얘기를 나누는데 이 회합에는 빈 침대든 아니든 모든 아메리카 침대가 참석했다고 한다. 물론 이런 이야기를 하고 다니는 사람들은 환자들이었고 이런저런 이유로 회합이 있던 밤에 침대에 묶여 있던 자들이었다. 6. 그걸 제외하곤 정신 병원 생활은 아주 고요했다. 일부 출입 금지 구역에선 비명 소리가 들리기도 했다. 하지만 누구도 그곳에 가서 문을 열거나 열쇠 구멍으로 들여다볼 엄두를 내지 못했다. 병원은 고요했다. 정원사 둘이 정원을 가꿨는데 그들도 제정신이 아니었으며 다른 사람보다는 덜 미쳤지만 밖으로 나가진 못했다. 정원도 조용했고 소나무와 포플러 나무 너머로 보이는 고속도로도 조용했고 우리의 생각도 놀라우리만치 침묵 속을 흐르고 있었다. 7. 삶이란 어떻게 보는지에 따라서 달라지는 선물이다. 우리는 가끔씩 스스로를 바라보며 우리가 특권적인 사람이라고 느낀다. 우리는 순진한 미치광이들이다. 다만 기다림이, 뭔가를 기다릴 때면 그렇듯, 그런 느낌을 헝클어뜨린다. 하지만 우리들 대부분이 가장 약한 자들을 상대로 항문 성교를 하거나 혹은 그 대상이 됨으로써 그 기다림을 죽인다. 나 그거 했게 안 했게? 우리들은 그리 말하곤 했다. 내가 진짜로 했게 안 했게? 우리는 그렇게 웃음보를 터뜨리고 다른 얘기로 넘어갔다. 전문의들은 아무것도 몰랐고 간호사나 간호조무사들은 우리가 문제를 야기하지 않는 한 모른 척했다. 몇 번쯤 그런 일이 벌어졌다. 인간은 짐승이다! 8. 나는 가끔 그렇게 생각했다. 그런 생각이 내 머릿속에 구체화되기에 이르렀다. 머릿속이 하얘지도록 숙고하고 또 숙고했다. 처음엔 가끔씩 그 말이 얼기설기 뒤엉킨 끈처럼 들려왔다. 전선이나 뱀 같았다. 하지만 보통 시간이 지나면 그런 장면들은 사라졌고 머릿속은 텅 비어 버렸다. 소리도, 이미지도, 말도, 말의 방어벽도 없어져 버렸다. 9. 어쨌든 나는 내가 그 어떤 이보다 영민하다고 생각한 적이 없다. 나는 내 지적 능력을 거만하게 드러낸 적이 없다. 학교를 다녔다면 변호사나 판사가 됐을 것이다. 아니면 정신 병원의 아메리카 침대보다 더 훌륭한 아메리카 침대 발명가가 됐을 것이다! 나는 할 말이 있다는 것, 그 사실을 조심스레 받아들이고 있다. 하지만 그걸 자랑하려는 것은 아니다. 나는 할 말이 있는 만큼 침묵도 지킬 줄 안다. 10. 나는 여기 출신이 아니다. 노인의 말에 따르면 사라고사에서 태어났고 내 어머니가 사정이 있어서 이 도시에 왔다고 한다. 나한텐 어떤 도시건 다 똑같다. 내가 가난하지 않았다면 이곳에서 공부를 했을 것이다. 상관없다! 읽는 건 배웠으니. 그걸로 충분하다! 이에 대해선 더 이상 얘기하지 않는 편이 낫겠다. 게다가 여기서 결혼했을지도 모른다. 어떤 여자를 알게 됐는데, 이름은 기억나지 않지만, 여느 여자처럼 이름이 있었다. 언제고 그녀와 결혼을 했을 것이다. 다른 여자도 있었다. 연상에 안달루시아나 무르시아 같은 남부 출신으로 나처럼 외지인이었다. 쾌활해 보인 적이 없던 여자였다. 그녀와 가정을 이뤘을 수도 있지만 그녀와 나의 운명은 서로 방향이 달랐다. 11. 이 도시에 사는 게 때로는 숨 막힌다. 도시가 너무나도 작기 때문이다. 낱말 맞히기 게임 안에 갇혀 있는 것 같다. 12. 그즈음부터 나는 주저 않고 교회 현관 앞에서 구걸하기 시작했다. 아침 10시에 성당에 나가 돌계단에 자리를 잡거나, 호세 안토니오 가에 있는 산제레미아 교회에 올라가기도 하고, 내가 좋아하는 살라망카 가의 산타바르바라 교회로 가기도 했다. 산타바르바라 교회 돌계단에 자리를 잡고 일을 시작하기에 앞서 10시 미사에 들어가 정성껏 기도드릴 때도 있었는데, 그땐 삶에 행복해하며 속으로 웃고, 웃고 또 웃고 기도를 할수록 더 많이 웃었다. 그것은 나의 본성이 성스러움으로 들어가는 방식이었으며 그 웃음은 불경도 불신의 웃음도 아니었다. 그건 오히려 자신의 조물주 앞에서 흔들리는 양이 넋을 잃고 웃는 웃음이었다. 13. 나는 나의 불행과 삶의 부침을 고해하고 나서 성체를 받고 산타바르바라 성화(聖畵) 앞에 잠시 머물다 돌계단으로 돌아갔다. 왜 그 성화에 공작의 깃털과 첨탑이 있는 것일까? 공작의 깃털과 첨탑. 무슨 의미일까? 14. 어느 날 오후 신부님께 여쭤 봤다. 어찌 그런 것에 관심이 있으십니까? 내게 물었다. 잘 모르겠습니다, 신부님, 그저 호기심에, 내가 대답했다. 호기심이 나쁜 습관인 건 아시지요? 그가 말했다. 알고 있습니다, 신부님, 하지만 제 호기심은 그저 순전한 것입니다. 전 늘 바르바라 성녀님께 기도를 올립니다. 잘하고 계십니다, 신도님, 신부님이 말했다. 바르바라 성녀님은 가난한 이들의 말을 잘 들어주시지요, 계속 기도하십시오. 하지만 공작 깃털과 첨탑에 대해서도 알고 싶습니다, 신부님, 내가 말했다. 공작은 불멸의 상징입니다, 신부님이 말했다. 첨탑엔 창이 세 개 있지요, 알고 계셨나요? 그 창들은 성녀님의 말씀을 재현하기 위해 만든 것입니다. 성녀님께서 말씀하시길, 빛이 그분 안에 드셨다 합니다. 그러니까 빛이 성부, 성자, 성령의 유리창을 통해 성녀님의 집을 밝히신 것이죠, 이해되시나요? 15. 공부는 못했지만요, 신부님, 사리 분별은 할 줄 압니다, 내가 대답했다. 16. 그리고 나는 내가 머무는 자리에 돌아가 교회 문이 닫힐 때까지 구걸했다. 손바닥엔 늘 동전 한 닢을 올려뒀다. 나머지는 주머니에 넣어 뒀다. 사람들이 빵이나 햄, 치즈 조각을 먹는 걸 보면서 허기를 견뎠다. 나는 생각했다. 그 돌계단에서 꼼짝 않고 생각하고 공부했다.

39 바르바라 성녀는 초기 기독교의 동정녀 순교자이자 14 성인에 속한다. 축일은 12월 4일이다. 니코메디아의 왕 디오스코루스의 딸로서 그녀의 아버지는 아름다운 딸이 좋지 못한 사람과 가까이하는 것을 우려하여 탑을 세우고 딸을 감금했으며 누구도 딸의 아름다움을 볼 수 없게 한다. 하지만 구혼자들이 몰려드는 것을 막지는 못한다. 디오스코루스가 여행을 떠난 사이 그녀는 그리스도교인을 만나 세례를 받고 기독교로 개종한 후 탑 속에서 은수자로 살기로 결심하며 삼위일체를 기념하여 탑에 세 개의 창문을 낸다. 딸의 개종을 알게 된 아버지는 그녀를 법정에 세우고 결국 그녀는 사형 판결을 받게 된다. 바르바라는 참수되고 직접 딸을 참수한 아버지는 벼락을 맞고 재가 된다.

17. 그리하여 나는 권력자였던 바르바라 성녀의 아버지 디오스코루스가 그녀에게 몰려든 청혼자들을 피해 그녀를 첨탑에 가둬 버렸다는 사실을 알게 됐다.[39] 그리고 바라바라 성녀가 첨탑에 들어가기 전, 연못 물인지 논물인지 아니면 농부들이 빗물을 모아 둔 웅덩이 물인지로 스스로 세례식을 했다는 것도 알게 됐다. 또한 세 개의 창으로 빛이 들어오는 첨탑을 빠져나갔으나 붙잡혀 심판을 받게 됐고, 판관이 사형을 언도했다는 것도 알게 됐다. 18. 신부들이 가르치는 건 죄다 냉랭하기만 하다. 식은 수프나 식은 차나 다름없다. 혹독한 겨울에 온기 없는 이불이다. 19. 여기서 나가게, 비센테, 씨를 까먹듯 계속해서 턱을 까닥이며 노인이 말했다. 투명 망토를 찾아 입고 경찰이 눈치채기 전에 여기서 떠나게. 20. 호주머니에 손을 넣어 돈을 세어 봤다. 눈이 오기 시작했다. 노인에게 인사를 하고 거리로 나왔다. 21. 아무 데로나 걸었다. 준비해 둔 계획도 없었다. 코로나 가에서 산타바르바라 교회를 바라봤다. 잠깐 기도를 했다. 바르바라 성녀시여, 저를 가엾이 여기소서, 그렇게 말했다. 왼쪽 팔이 저려 왔다. 허기졌다. 죽고 싶은 심정이었다. 하지만 영원한 죽음을 원한 건 아니었다. 아마도 그저 잠을 자고 싶었던 것 같다. 턱이 덜덜 떨렸다. 바르바라 성녀시여, 제게 자비를 베푸소서. 22. 사형이 집행됐을 때, 그러니까 바르바라 성녀의 목이 잘리던 순간, 하늘에서 한줄기 빛이 사형 집행인들에게 작렬했다. 판결을 내린 판사에게도? 그녀를 가둔 아버지에겐? 빛줄기가 쏟아지기에 앞서 천둥소리가 났다. 아니면 그 반대일 수도 있다. 정말이다. 세상에나, 세상에나, 세상에나. 23.

더 이상 다가가지 않았다. 나는 멀리서 교회를 바라보는 것으로 만족했다. 그리고 예전에 값싸게 먹을 수 있던 바로 향했다. 찾지 못했다. 어느 빵집에 들어가 바게트를 샀다. 그리고 사람들의 무례한 시선을 피하려고 담장을 넘어 빵을 먹었다. 담을 넘어 버려진 정원이나 무너진 집에서 먹는 일이 바로 그 침입자의 안전 때문에 금지돼 있다는 건 알고 있었다. 네 머리 위로 대들보가 무너질 수도 있어, 다미안 바예 경찰관이 내게 말했다. 게다가 거긴 사유지야. 거미와 쥐가 사는 더러운 곳이지만 어디까지나 사유지란 말이야. 네 머리 위로 대들보가 무너져 그 유별난 두개골이 작살날 수도 있단 말이지, 다미안 바예 경찰관이 말했다. 24. 다 먹고 나서 나는 담을 넘어 다시 거리에 섰다. 돌연 슬퍼졌다. 눈 때문인지 아니면 다른 무엇 때문인지 알 수 없었다. 요즘 들어 먹는 일이 나를 비탄에 젖게 한다. 먹을 때는 슬프지 않은데, 먹고 나서 벽돌 위에 앉아 버려진 정원에 눈송이들이 떨어지는 걸 보면, 나도 모르겠다, 슬픔과 비탄이 밀려온다. 그래서 나는 다리를 툭 치고 일어나 걸었다. 길거리는 한산해지고 있었다. 잠시 진열창들을 쳐다봤다. 거짓말이다. 내가 찾고 있던 것은 진열창에 비친 내 모습이었다. 진열창들 끝으로 계단이 나타났다. 나는 고개를 숙이고 올라갔다. 그리하여 다른 길에 접어들었다. 콘셉시온 교구 교회를 지났다. 산베르나르도 교회도 지났다. 그렇게 성벽에 이르니 저 멀리 성채가 보였다. 아무도 없었다. 나는 모로 언덕에 있었다. 노인의 말이 기억났다. 가, 가라고, 또 당하지 말고, 이 불쌍한 친구야. 내가 했던 모든 악행들. 바르바라 성녀시여, 나를 가엾이 여기소서, 당신의 가련한 양을 가엾이 여기소서. 그 좁은 골목 어딘가 그녀가 살고 있다는 게 기억났다. 그녀를 찾아가 수프 한 접시와 더 이상 입지 않을 스웨터와 기차표를 살 만큼의 돈을 얻기로 했다. 어디 살았더라? 나는 갈수록 좁은 골목길로 들어가고 있었다. 현관문을 발견하고 문을 두드렸다. 아무도 나오지 않았다. 문을 밀고 안마당으로 들어갔다. 누군가 빨래 걷는 걸 잊었는지 누르스름한 빨래 위로 눈이 떨어지고 있었다. 나는 셔츠와 바지 빨래 틈을 비집고 들어가 주먹 모양의 노커가 달린 문 앞에 섰다. 기척 없이 노커를 만지작거렸다. 문을 밀었다. 밖은 순식간에 어두워지고 있었다. 머릿속이 하얘졌다. 눈송이들이 툭툭 튀었다. 앞으로 나아갔다. 그 복도도 기억나지 않았고 그녀의 이름도 기억나지 않았다. 그녀는 추잡했지만 좋은 사람이었고 내가 아프게 했지만 그녀 역시 부정한 여자였다. 그 어둠, 그 창 없는 첨탑이 기억나지 않았다. 하지만 그때 문 하나가 보였다. 나는 조용히 들어갔다. 천장까지 부대 자루가 쌓인 일종의 곡물 창고였다. 귀퉁이에 침대 하나가 있었다. 한 아이가 침대 위에 누워 있었다. 벌거벗은 채 떨고 있었다. 나는 호주머니에서 칼을 꺼냈다. 탁자에 한 수도사 앉아 있었다. 머리에 쓴 수도복 모자 때문에 얼굴이 보이지 않는 데다 고개를 숙이고 기도서 읽는 데 열중하고 있었다. 아이는 왜 벌거벗고 있는 거지? 거기에 모포 하나 없었단 말인가? 그 수도사는 무릎 꿇고 용서를 빌지 못할망정 어찌 기도서를 읽고 있단 말인가? 한순간 모든 게 깨져 버렸다. 수도사가 나를 보고 뭐라 말했고 내가 대답했다. 가까이 오지 마시오, 내가 말했다. 그리고 그를 칼로 찔렀다. 그가 잠잠해질 때까지 그와 엉켜 있었다. 하지만 나는 확인할 심산으로 그를 한 번 더 찔렀다. 그리고 아이를 죽였다. 세상에나, 순식간에! 나는 침대에 앉아 잠시 떨었다. 그만 됐다. 나는 나가야 했다. 옷이 피에 젖어 있었다. 수도사의 호주머니를 뒤져 돈을 꺼냈다. 탁자 위에 고구마가 있었다. 하나 집어 먹었다. 맛이 좋고 달았다. 나는 고구마를 입에 물고 옷장을 열었다. 양파와 감자 포대가 있었다. 깨끗한 수도사복이 옷걸이에 걸려 있었다. 나는 옷을 벗었다. 어찌나 춥던지. 호주머니를 살펴보고 범죄 흔적을 지우려고 내 옷과 신발을 포대에 넣어 허리춤에 포대를 묶었다. 엿 먹어라, 다미안 바예. 그 순간 나는 방바닥에 내 발자국이 남았음을 깨달았다. 발바닥이 온통 피범벅이었다. 나는 움직이면서 잠시 주의 깊게 발자국을 살펴봤다. 웃음이 나왔다. 춤을 춘 흔적 같았다. 수호성인 비토[40]의 흔적들 같았다. 어디로도 수렴되지 않는 흩어진 흔적들. 그러나 난 내가 어디로 가야 할지 알고 있었. 25. 눈만 빼고 모든 게 어둠에 덮였다. 나는 모로 언덕을 내려가기 시작했다. 26. 맨발인 데다 날씨가 추웠다. 발이 눈 속을 파고들어 한 걸음 내디딜 때마다 발에서 피가 씻겨 나갔다. 몇 미터 가지 않아 나는 누군가 나를 따라오고 있다는 걸 눈치챘다. 경찰일까? 상관없었다. 그들이 이 땅을 지배하지만 나는 그 순간, 반짝이는 눈을 걷는 동안은, 내가 주인임을 알았다. 27. 모로 언덕을

---

40 San Vito(?~303) 이탈리아인으로 디오클레티아누스의 그리스도교 박해로 인해 순교하였다. 간질병자와 소아병자의 수호성인으로 춤으로 병을 치유하였다고 한다.

뒤로하고 아직도 눈이 깊이 쌓인 평지에 들어섰다. 다리를 건너고 고개를 숙인 채 곁눈질로 기마상의 그림자를 봤다. 나를 쫓아오는 자는 뚱뚱하고 못생긴 소년이었다. 나는 어떤 사람이었을까? 그딴 건 전혀 중요치 않았다. 28. 지나오면서 마주친 모든 것과 작별했다. 감동적이었다. 몸에 열기가 오르게 걸음을 재촉했다. 다리를 건널 때는 마치 시간의 터널을 지나는 것 같았다. 29. 내 뒤를 밟는 놈을 죽일 수도 있었다. 어느 골목으로 따라오게 해 죽을 때까지 난도질할 수도 있었다. 그렇지만 뭣하러 그러겠는가? 분명 모로 언덕에 사는 창녀의 자식일 테고 말 한 마디 붙이지 못할 텐데. 30. 역 화장실에 들어가 낡은 신발에 묻은 핏자국을 물로 씻어 냈다. 발에 감각이 없었다. 발이여, 깨어나라. 그리고 다음 열차 표를 샀다. 목적지는 어디든 상관없었다.

문학+병=병

나의 친구 간 질환 전문의
빅토르 바르가스 박사에게

병과 컨퍼런스

발표자가 주제를 벗어난 얘기를 하더라도 이상하게 생각할 것 없습니다. 이런 경우를 가정해 봅시다. 발표자가 질병 얘기를 한다고 합시다. 여기에 청중으로 열 명이 참여합니다. 물론 그들은 주제에 가장 걸맞은 기대를 하고 있겠죠. 컨퍼런스는 오후 7시나 8시에 시작할 겁니다. 그 어떤 청중도 저녁 식사를 하지 않았습니다. 7시(혹은 8시나 9시)가 되면 모두 도착하여 자리에 앉아 있습니다. 휴대 전화 사용은 금지됩니다. 교양 있는 사람들 앞에서 발언할 수 있다는 건 즐거운 일입니다. 그런데 발표자가 나타나지 않자 결국엔 행사를 조직한 사람 중 누군가 발표자가 돌연 중병에 걸려 올 수 없다

---

41 José Ortega y Gasset(1883~1955). 스페인 철학자로 그의 사상은 니체를 잇는 생철학에 기초한다. 대중 사회론의 선구자로 평가받는다.

42 여기서 볼라뇨는 〈나는 나와 나의 환경으로 구성된다. 나의 환경을 구하지 못하면 나를 구하지 못하는 것이다〉라는 오르테가 이 가세트의 말을 활용하고 있다.

고 알립니다.

병과 자유

 병에 대한 글쓰기는, 특히나 글 쓰는 이가 중병을 앓고 있다면, 고통스러운 일이겠지요. 병에 대한 글쓰기는, 그가 중병을 앓고 있으며 그게 우울증이라면, 마조히즘 같은 행위이자 절망적인 일입니다. 하지만 동시에 해방되는 일일 수도 있습니다. 몇 분간 병의 고통을 겪는 일은 일종의 유혹입니다. 응급실 대기실에 흔히 보이는 노파들이 정치나 성적인 얘기, 혹은 일 얘기는 접어두고 오직 임상, 의학, 약리 얘기만 하게 되듯이 말입니다. 그러니 그 유혹은 악마 같은 유혹이지만 어쨌거나 유혹입니다. 그 노파들은 선과 악을 초월한 것처럼 보일 뿐 아니라 니체를, 아니 니체뿐만 아니라 칸트와 헤겔, 셸링도 알고 있는 것 같습니다. 하지만 오르테가 이 가세트[41]에 대해선 말을 꺼내지 않지요. 그 노파들은 그의 누이나 심복 같습니다. 사실 그녀들은 심복을 넘어 오르테가 이 가세트의 클론 같습니다. (나는 이 절망의 끝자락에서) 그 응급실 대기실에 오르테가 이 가세트의 낙원이 있지 않나 가끔 생각합니다. 그 낙원은 보는 사람에 따라, 또한 무엇보다 보고 듣는 사람의 감수성에 따라 지옥일 수도 있습니다. 그 낙원에선 복제된 수천 명의 오르테가 이 가세트가 우리의 삶과 우리 삶의 환경에서[42] 살고 있습니다. 하지만 우리는 자유를 버리지 말아야 합니다. 사실 나는 자유라기보다는 일종의 해방을 말하고자 하는 겁니다. 개판으로 글쓰기, 개판으로 말하기, 파충류들의 만찬 중에 판 구조론 논하기, 이 얼마나 해방되어 있으며 나는 얼마나 해방자인가. 멀기만 한 동정에 나를 내던지고 닥치는 대로 욕지거리하기, 침을 뱉어 가며 말하기, 무차별적으로 나를 소멸시키기, 나를 절친한 친구들의 악몽으로 만들기, 니카노르 파라[43]의 기막히고 미스터리한 시구처럼 소젖을 짜서 그 소 대가리에 우유를 부어 버리기.

병과 키

본론, 그러니까 바람에 날려서든 우연히든 어느 비어 있는 큰 탁자 한복판에 놓이게 된 씨앗에 잠시 들어가 봅시다. 오래전도 아닙니다. 내 담당의인 빅토르 바르가스의 진료를 마치고 나서는 길이었습니다. 한 여자가 출입구에서 날 기다리고 있었는데 줄을 선 환자들 틈에 있었습니다. 키가 작은 여자였습니다. 머리가 겨우 내 가슴 높이였는데 내 젖꼭지에서 위로 몇 센티미터 정도 될 키였죠. 높은 하이힐을 신었는데도 바로 눈에 띄었죠. 쓸데없는 얘긴 빼고, 진료 결과가 좋지 않았습니다. 아주 나빴죠. 담당의는 나쁜 결과만 들려주더군요. 이런 경우, 사람들은 보통 어지러움을 경험하는데, 난 내가 어지러운 게 아니라 다른 사람들이 어지러워하고 있고 나는 평온한, 어쩌면 똑바로 서 있는 사람이 나밖에 없는 것 같은 느낌이었습니다. 다른 사람들은 고양이처럼 걷고 있는, 보통 네발로 걷는다고 표현하는데, 그런 인상이었고 나는 오히려 서서 걷거나 다리를 꼬고 앉아 있

---

43 Nicanor Parra(1914~). 칠레의 수학자, 물리학자이자 시인이다. 반시(反詩, antipoesía)의 창시자이며 2011년 세르반테스 문학상을 수상하였다. 칠레의 민속 음악 가수로 누에바 칸시온(새 노래 운동)의 기반을 다진 비올레타 파라Violeta Parra(1917~1967)가 그의 여동생이다.

는 것 같은 느낌이었죠. 앉아 있었다면 그건 서 있는 것, 걷는 것, 직립 상태였다는 거죠. 그건 그렇다 치더라도 내 상태가 괜찮았다고도 말하기 어려운 것이, 다른 사람들이 네발로 걸을 때 혼자 똑바로 서 있는 상황과, 정확한 말은 없지만 이를테면 애정이나 호기심으로, 아주 병적인 호기심으로 주위 사람들이 갑자기 무차별적으로 네발로 걷는 걸 관찰하는 상황은 다르기 때문입니다. 애정, 우수, 향수, 감동을 낭만적인 사람이 사랑에 빠져 느낄 때와 바르셀로나 어느 병원 외래 진료소에서 느끼는 것과는 판이하게 다르다는 얘깁니다. 물론 그 병원이 정신 병원이라 해도 이런 내 생각이 바뀌진 않을 것입니다. 나는 아주 어렸을 때부터 로마에 가면 로마법을 따르라는 속담에 익숙하며 — 계속 그런 건 절대 아니지만 — 최대한 품위 있게 침묵을 지키는 일 빼고 정신 병원에서 잘 처신하려면 스스로 네발로 걷거나 가엾은 동료들이 네발로 걷는 걸 관찰해야 하기 때문입니다. 하지만 난 정신 병원이 아니라 바르셀로나에 있는 최고 수준의 공공 병원에 있었고 벌써 대여섯 번 입원을 해봐서 그 병원을 잘 알지만 여태까지 네발로 걷는 사람을 보진 못했습니다. 물론 카나리아처럼 누렇게 뜬 환자나 병원에서 흔치 않게 급성 호흡 곤란으로 죽어 가는 환자를 본 적은 있지요. 하지만 네발로 걷는 사람이라곤 지금까지 단 한 번도 보지 못했으니, 내 담당의의 소견이 애초의 내 예상보다 훨씬 심각하다고 생각했습니다. 뭐, 그게 그겁니다. 솔직히 내 몸 상태가 정말 나빴으니까요. 그래서 진료실을 나설 때 사람들이 네발로 걷는 걸 본 겁니다. 건강에 대한 걱정이 커지니 나 또한 두려움에 쓰러져 네발로 걸을 것 같았습니다. 내가 그리되지 않은 것은 그 키 작은 여자가 나타났기 때문이었죠. 그때 그녀가 내게 오더니 자기가 의사 X라고 소개하고 내 친애하는 바르가스 박사를 — 그와 나의 관계는 그리스 선박왕과 그 아내의 관계, 다시 말해 아내를 사랑하는 유부남이지만 아내를 최대한 안 보려는 관계지요 — 언급하며 내 병과 내 병의 진행에 대해 어느 정도 알고 있다면서 자기가 하고 있는 임상 연구에 참여해 달라고 했습니다. 나는 그 연구가 무엇인지 정중히 물었죠. 대답이 신통찮았습니다. 몇 가지 준비된 테스트를 할 건데, 30분 정도 소요된다고 하더군요. 왜 그랬는지 모르지만 그러겠다고 말하고 말았죠. 그러자 외래 진료소를 나가더니 대형 엘리베이터 앞으로 날 데려갔습니다. 그 엘리베이터에는 병원 침대가 있었죠. 물론 빈 침대였습니다. 그런데 침대 관리자가 없는지 그저 엘리베이터를 따라 오르락내리락할 따름이었죠. 그 침대는 마치 너무 큰 남자 친구 옆에 — 혹은 그 안에 — 있는 보통 체구의 여인 같았는데, 엘리베이터가 너무나도 커서 간이침대 두 개에 휠체어도 들어갈 수 있을 것 같았습니다. 물론 사람을 태운 상태로 말입니다. 하지만 신기하게도 엘리베이터엔 키 작은 여의사와 나밖에 없었습니다. 나는 그 순간, 머리가 냉철해진 건지 아니면 열이 오른 건지 모르지만, 그 키 작은 여의사가 전혀 나빠 보이지 않았습니다. 이미 침대가 준비돼 있으니 그녀에게 엘리베이터에서 섹스를 하자고 하면 어찌될까 생각해 봤지만 알 수 없는 일이었죠. 그 순간 여지없이 수잔 서랜던이, 수녀

44 팀 로빈스 감독의 1995년 영화 「데드 맨 워킹Dead Man Walking」.

역으로 나오는 수잔 서랜던이 살날이 며칠 남지도 않았는데 어떻게 섹스할 생각이 드느냐고 숀 펜에게 물어보는 장면이 떠올랐습니다. 수잔 서랜던의 목소리는 말할 것도 없이 비난조였죠. 영화 제목은 기억나지 않지만 좋은 영화였고 팀 로빈스가 제작했던 것 같습니다.[44] 팀 로빈스는 훌륭한 배우에 훌륭한 감독이었을지 모르지만 사형장으로 가는 복도에 서본 일은 절대 없었을 겁니다. 거세된 인간이 욕망하는 단 한 가지, 그건 섹스죠. 감옥과 병원에 있는 사람들이 유일하게 원하는 것, 그건 섹스입니다. 불구자의 유일한 욕망, 그건 섹스입니다. 중환자들, 자살 기도자들, 하이데거의 끈질긴 추종자들도 그렇습니다. 더욱이 20세기 가장 위대한 철학자인 비트겐슈타인이 유일하게 욕망한 것도 섹스였죠. 심지어 죽은 자들의 유일한 바람 또한 섹스라고 어디선가 읽었습니다. 그걸 인정하는 건 서글픈 일이지만 사실이 그렇습니다.

병과 디오니소스

그것이 진실 중에 진실인데, 진정한 진실인데, 그걸 인정하는 건 쉽지 않은 일입니다. 정액의 폭발은, 우리 상상의 지도를 뒤덮고 있는 뭉게구름과 새털구름은, 그게 누구든 서글프게 합니다. 섹스를 할 힘이 없는데도 섹스를 하는 것은 아름답다 못해 웅장하다고 할 수 있습니다. 하지만 이내 악몽으로 변할 수도 있습니다. 그렇지만 인정할 수밖에 없지요. 예컨대 멕시코의 감옥을 봅시다. 땅딸보도 뺀질이도 배불뚝이도 사팔뜨기도 아니지만 고상하다고는 할 수 없는 놈이 있습니다. 이놈은

악한에 고약한 냄새를 풍기지요. 이놈의 그림자가 화가 치밀 정도로 천천히 감옥 벽이나 감옥 안 복도를 타고 움직입니다. 머잖아 다른 놈의 연인이 됩니다. 이놈도 추남이긴 마찬가지지만 훨씬 강하지요. 거기에 진도나 망설임 같은 긴 로맨스 따윈 없습니다. 괴테가 말하는 선택적 친화력[45]도 없지요. 첫눈에 반한 사랑이죠. 원하신다면 첫사랑이라고 해둡시다. 그렇지만 그 목적은 보통의 연인들이나 정상으로 보이는 연인들이 찾는 목적과 별반 다를 게 없습니다. 그들은 연인입니다. 사랑을 위한 그들의 아양과 자지러짐은 엑스선 사진 같지요. 매일 밤 섹스를 하지요. 때로는 서로 때리기도 합니다. 친구가 아니라 연인이지만 가끔은 친구인 듯 자신들이 살아온 얘기를 하기도 합니다. 일요일이면 그들만큼이나 못생긴 아내가 면회를 오지요. 당연히 두 사람 모두 동성애자라고 말하지 않습니다. 누군가 그들 면전에서 그 사실을 발설하면 엄청나게 화를 내고 분노하여 모욕한 자를 잔혹하게 겁탈하고 죽일 겁니다. 이런 일은 원래 그렇습니다. 알퐁스 도데에 따르면, 빅토르 위고가 오렌지를 한입에 통째로 먹을 수 있었다고 하는데 그게 건강이 최상이라는 걸 입증했다고 하더군요. 내 아내는 그걸 전형적인 돼지라고 했죠. 위고는 『레 미제라블 Les Misérables』에서 어둠의 인간, 잔학한 인간은 어둠의 환희, 잔학한 행복을 시도할 수 있는 자라고 했습니다. 내 기억이 맞는지 모르겠습니다. 아주 오래전에 멕시코에

---

45 등장인물의 관계 형성을 통해 인간의 친화력을 다룬 괴테의 작품 『친화력 Die Wahlverwandtschaften』(1809)을 말한다. 선택적 친화력은 물리학에서 한 물질이 특정 물질과 결합하는 특성을 지시하는 것으로 이후 막스 베버, 셸러, 카를 마르크스 등도 이 용어를 사용하였다.

서 읽었는데 영원히 그곳을 떠나면서 그 책을 멕시코에 두고 온 데다, 그 이후로는 그 책을 다시 사거나 읽지 않았을뿐더러 영화로 나온 작품은 다시 읽을 필요도 없거니와 『레 미제라블』이 뮤지컬로 공연되기도 했으니 말입니다. 이미 말했듯, 잔학한 인간의 행복은 잔학합니다. 그 사람들은 아직 소녀에 지나지 않는 어린 코제트를 맞아들인 사악한 자들입니다. 그들은 프티 부르주아이거나 그렇게 되고자 하는 자들의 사악함과 인색함을 온전히 보여 주는 화신일 뿐만 아니라, 세월이 흘러 기술이 진보된 지금의 역사적 시점에서 오늘날 중산층이라 부르는 자들의 총체적인 모습을 구현하는 자들입니다. 그 중산층엔 좌파와 우파, 박식한 자와 문맹, 도둑과 정직한 자, 건강한 자와 건강을 염려하는 자가 있지요. 한데 그들은 감옥에 갇혀 사랑을 나누는 두 총잡이 멕시코인과 똑같은 사람들입니다(덜 폭력적이거나 덜 용감하거나 혹은 조금 더 조심스럽고 신중할 수는 있겠지만). 디오니소스가 모든 곳에 침투했습니다. 교회에도, 비정부 기구에도, 정부에도, 왕실에도, 빈민가에도 있습니다. 디오니소스가 그 모든 것의 원흉이죠. 디오니소스가 승자입니다. 그에 대항할 자, 그에 맞설 자는 아폴론이 아니라 돈 많은 아저씨나 우아한 체 아줌마 혹은 잘난 척 아저씨나 독존자 아줌마, 폭발음이 나자마자 적에게 넘어갈 경호원들이죠.

병과 아폴론

그런데 아폴론 호래자식은 어디 간 걸까요? 아폴론은 중병에 걸렸습죠.

병과 프랑스 시

프랑스 사람들도 잘 알듯이 프랑스 시는 19세기 시문학의 최고봉으로, 그 시와 시구들엔 20세기 유럽과 우리의 서구 문화가 맞닥뜨릴 심각한 문제가 예시되어 있으며 그 문제는 여전히 해결되지 않고 있습니다. 혁명과 죽음, 권태와 탈주가 그 문제들이죠. 그 위대한 시는 일단의 시인들에 의해 쓰였으며 그 출발점은 라마르틴도 위고도 네르발도 아닌 바로 보들레르입니다.[46] 보들레르에서 시작하여 로트레아몽과 랭보에 이르러 정점에 달하고 말라르메로 끝나죠.[47] 물론 코르비에르나 폴 베를렌처럼 주목할 만한 시인들도 있고 쥘 라포르그나 카튈 망데스나 샤를 크로처럼 무시할 수 없는 작가들도 있으며 그런 쪽에 가까운 작가들 중엔 방빌도 있습니

---

46 Alphonse de Lamartine(1790~1869), 프랑스 낭만주의 시인이자 정치가. Gérard de Nerval(1808~1855), 프랑스 상징주의 시인, 소설가. Charles Baudelaire(1821~1867), 프랑스의 비평가이자 시인.

47 Comte de Lautréamont(1846~1870), 우루과이 태생 프랑스 시인으로 20세기 초현실주의 시에 큰 영향을 끼쳤다. Arthur Rimbaud(1854~1891), 상징주의와 초현실주의에 영향을 준 프랑스의 시인. Stéphane Mallarmé(1842~1898), 폴 베를렌, 랭보와 더불어 19세기 후반 프랑스 시단을 이끌었고 상징주의의 창시자로 간주된다. 그의 시 문학은 샤를 보들레르의 영향을 받았다.

48 Tristan Corbière(1845~1875). 프랑스 시인으로 폴 베를렌의 평론집 『저주받은 시인들 Les poètes maudits』(1884)에 소개된 바 있다. Paul Verlaine(1844~1896). 프랑스 서정시인. 랭보와의 동성애로 유명하다. Jules Laforgue(1860~1887). 프랑스 상징주의 시인. Catulle Mendès(1841-1909). 프랑스 시인, 극작가, 소설가. Charles Cros(1841~1888). 프랑스 시인이자 과학자로 초현실주의의 선각자로 평가된다. Théodore de Banville(1823~1891). 프랑스 고답파와 상징주의의 경계에 있는 시인.

49 Vladimir Nabokov(1899~1977). 러시아 출신 미국 작가이자 곤충학자.

50 Alfonso Reyes Ochoa(1889~1959), 멕시코의 석학으로 호르헤 루이스 보르헤스의 작품 세계에 영향을 주었다.

다.[48] 하지만 사실 보들레르, 로트레아몽, 랭보, 말라르메 정도면 충분합니다. 말라르메부터 시작해 보죠. 그가 가장 후대 사람이라서가 아니라 가장 늦게 죽었기 때문입니다. 말라르메는 20세기를 맞기 2년 전에 죽었습니다. 그는 「바다의 미풍Brise marine」에서 이렇게 말합니다.

> 육신은 슬프도다, 아! 난 모든 책을 읽어 버렸구나.
> 떠나리라! 떠나리라! 미지의 거품과 하늘 가운데
> 새들도 취해 떠남을 내 느끼누나.
> 그 무엇도, 눈에 비친 정원도,
> 광활한 바다를 떠도는 내 심장을 붙들지 못하리라.
> 오! 밤이여! 순백을 담은 순결한 종이 위에
> 비치는 내 등잔의 황량한 불빛도,
> 아이를 가슴에 품은 젊은 아내도.
> 나는 떠나야 하느니라! 그대 닻을 올리고
> 낯선 자연을 찾아 고요히 돛대를 흔들어라.
> 잔인한 열망이 돼버린 메마른 권태가
> 마지막 이별의 손수건 속에 여태 울리고 있구나.
> 그 누가 알지언가. 돛대가 폭풍우를 불러들여,
> 바람에 부러지고 난파되어,
> 잃어버린 것들 떠오르면, 바위섬도 항로도 없으리라는 것을!
> 하나, 아! 나의 심장에 뱃사람들의 노래 들리는구나!

아름다운 시입니다. 만약 나보코프[49]가 번역자인 알폰소 레예스[50]를 알았다면 운(韻)을 고수하지 말고 자유

시 형식으로 추한 시를 만들라고 충고했을 겁니다. 알폰소 레예스가 서구 문화에선 별 무게가 없을지 모르지만, 바로 그 서구 문화의 일부인 라틴 아메리카에 한해서는 의미심장한 인물이죠(혹은 그래야 하지요). 그런데 말라르메가 육신이 슬프다는 것과 모든 책을 읽어 버렸다는 것은 대체 뭘 의미하는 걸까요? 질리도록 읽어봤고 질리도록 섹스를 해봤다는 건가요? 어느 순간 모든 독서와 모든 육체적 행위가 그저 반복일 따름이라는 걸까요? 이제 할 수 있는 거라곤 떠나는 것뿐이라는 걸까요? 그래서 섹스와 독서가 지겨워지면 여행이 유일한 탈출구라는 건가요? 내 생각에 말라르메는 병에 대해, 건강에 반하는 병을 해방시키려는 전투에 대해 말하는 것 같습니다. 병과 건강은 두 가지 상태 혹은, 여러분은 어찌 생각할지 모르나, 두 가지 전체주의적 힘입니다. 나는 말라르메가 권태라는 넝마를 걸친 병을 얘기한다고 생각합니다. 하지만 말라르메가 구축한 병의 이미지는 어찌 보면 진부하지요. 그는 병을 체념으로 이해합니다. 삶에 대한 체념이거나 무언가에 대한 체념입니다. 다시 말해, 말라르메는 패퇴를 말하고 있는 것이죠. 그리고 그 패퇴를 뒤집으려고 공연히 독서와 섹스를 꺼내

---

51 프랑스어 표현 프티트 모르*petite mort*는 우리말로 〈작은 죽음〉이라 해석되지만 육체의 죽음이 아니라 이성 상실 상태나 성적 오르가슴 이후의 상실감 혹은 원기의 소모와 그로 인한 우수의 상태를 의미한다.

52 Ramón de Campoamor(1817~1901). 스페인 사실주의 시인.

53 인상주의 프랑스 화가 폴 고갱(1848~1903)은 당시 상징주의 시 문학을 주도하던 말라르메와 각별한 관계였다. 말라르메는 1891년 고갱이 타히티로 떠날 수 있도록 도왔으며 고갱은 같은 해 말라르메에 대한 존경의 표현으로 그의 초상화를 그렸다. 여기서 볼라뇨는 고갱이 〈떠나리라〉라는 말라르메의 시구를 실행에 옮겼다는 것을 상기하고 있다.

드는데, 나는 말라르메에겐 최고의 영예였을 테고 말라르메 부인에겐 가장 당혹스러운 일이었을 독서와 섹스가 동일한 거라 생각합니다. 행여 그게 아니라면 누구도 제정신으로 그렇게 딱 잘라서 육신이 슬프다고, 육신은 원래 슬픈 거라고, 작은 죽음[51]이 실제로는 찰나에 지나지 않는데도 모든 사랑의 몸짓으로 확장되고, 다들 아시듯이 이 사랑의 몸짓이 몇 시간이고 지속되다 못해 한없이 이어질 수 있다고 말하지 못하겠죠. 그러므로 캄포아모르[52] 같은 스페인 시인에겐 어울리지 않을 시가, 삶과 작품이 견고히 결합된 — 이 시, 이 암호화된 선언에선 예외지만 — 말라르메에겐 어울리는 겁니다. 폴 고갱만은 이 시를 문자 그대로 받아들였죠.[53] 제가 알기로는 말라르메가 뱃사람들의 노래를 들어 본 적도 없을뿐더러 행여 들어 봤다 치더라도 그걸 확정되지 않은 목적지를 찾아가는 배에서 들었을 리 없습니다. 더욱이 이미 모든 책을 읽었다는 건 말도 안 되는 얘기고, 더 이상 책이 나오지 않는다고 해도 모든 책을 읽을 자는 없습니다. 이건 말라르메도 잘 알고 있었지요. 책도 섹스도 유한합니다. 하지만 독서와 섹스에 대한 욕망은 무한하여 우리의 죽음과 두려움과 평화에 대한 열망조차 초월합니다. 그가 말하듯, 독서에 대한 열망도 섹스에 대한 욕망도 없는, 이젠 아무것도 남아 있지 않다는 이 훌륭한 시에서 말라르메에게 남은 건 뭘까요? 그건 바로 여행이고 여행에 대한 열망입니다. 그리고 거기에 사건의 열쇠가 있을지도 모릅니다. 왜냐하면 말라르메가 이젠 기도하거나 울거나 미치는 수밖에 없다고 했다면 완벽한 알리바이가 됐을 테니까요. 하지만 그는 할 수 있는 게 여행뿐이라고 합니다. 그건 마치 항해는 필연이지만 생은 필연이 아니다[54]라고 말하는 것 같습니다. 전에는 이 문장을 라틴어로 기억했는데 내 간을 휘젓는 독소 때문에 그것도 잊어버렸네요. 다시 말해, 말라르메는 벌거벗은 몸의 여행자가 되려 합니다. 자유, 그 벌거벗은 자유를 위해, 뱃사람과 탐험가라는 단순한 삶을 위해서 말입니다(하지만 조금만 들여다봐도 그리 단순하진 않습니다). 이는 삶에 대한 긍정이자 죽음과의 지속적인 놀이이며, 단계적으로 보자면, 시적 깨우침의 첫 단계입니다. 두 번째 단계는 섹스이며 세 번째는 책입니다. 이로써 말라르메의 선택은 패러독스로, 회귀로, 제로 상태에서 다시 시작하는 것입니다. 이쯤 왔으니 엘리베이터로 돌아가기 전에 모든 이들의 아버지인 보들레르의 시를 빼놓을 수 없겠네요. 그는 자신의 시에서 여행과 여행을 향한 청춘의 열망 그리고 여행이 여행자에게 남기는 여행의 쓴맛을 얘기하죠. 나는 말라르메의 소네트가 보들레르의 시에 대한 대답이 아닌가 생각합니다. 보들레르는 내가 읽었던 가장 잔혹한 시인에 속합니다. 그의 시는 병든 시, 출구 없는 시입니다. 하지만 19세기 가장 훌륭한 시일 것입니다.

병과 여행

여행은 사람을 병들게 합니다. 오랜 과거에 의사들은 환자에게, 특히 신경 질환을 앓는 환자에게 여행을 추천

---

54 플루타르코스(46~122)의 『대비열전(플루타르코스 영웅전)』에서 로마의 장군이자 정치인이던 폼페이우스(B.C. 106~B.C. 48)가 거센 바람에 출항을 망설이던 선원들에게 외친 구문이다.

했습니다. 환자들은 보통 재력이 있는 사람들이었고 의사의 말을 좇아 몇 달 혹은 몇 년이 걸릴 긴 여행길에 올랐습니다. 신경 질환에 걸린 돈 없는 가난한 사람들은 여행을 떠나지 못했죠. 물론 미쳐 버린 사람도 있습니다. 하지만 여행을 떠난 사람들 또한 미치거나, 심한 경우엔 도시와 기후, 식습관이 바뀜에 따라 모르는 병에 걸렸죠. 사실 여행하지 않는 편이 건강에 좋으며 움직이지 않는 편이, 집 밖으로 나가지 않는 편이, 겨울에는 따뜻하게 입고 있다가 여름이 오면 목도리만 풀어 두는 게 건강에 이롭습니다. 입을 열지도, 눈을 깜빡이지도, 숨을 쉬지도 않는 게 건강에 이롭습니다. 하지만 모두가 숨을 쉬고 여행을 하고 있죠. 나만 해도 일고여덟 살 정도의 어린 시절부터 여행을 시작했습니다. 첫 여행에선 아버지의 트럭을 타고 황량한 칠레 도로를 달렸는데, 폭탄 맞은 것 같은 길 때문에 쭈뼛쭈뼛 머리가 설 정도였죠. 그 뒤로 나는 기차와 버스를 타게 됐고 열다섯 살 때 처음으로 비행기를 타고 멕시코로 이주했습니다. 그때부터 여행을 멈추지 않았습니다. 그 결과, 너무나도 많은 병에 걸렸습니다. 어려서부터 두통이 심했는데 행여 신경 질환은 아닐까 염려하신 부모님은 최대한 빨리 병을 고치려면 긴 여행을 해야 하는 게 아닌가 생각하신 거죠. 어른이 되자 불면에 시달리고 성생활에 문제가 생겼습니다. 청년기엔 여러 나라를 주유하며 헨젤과 그레텔의 빵 조각처럼 이가 빠졌고 제대로 먹지 못해 위산 과다에 결국 위염에 걸렸고 지나친 독서로 안경을 써야 했으며 정처 없이 오래도록 돌아다닌 덕에 발에 티눈이 생겼고 감기를 달고 살았지만 제대로 낫지도 않았죠.

나는 가난하여 지붕 없이 살았습니다. 하지만 어쨌거나 큰 병에 걸리지 않았으니 운이 좋다고 생각했죠. 성관계도 도가 넘었지만 한 번도 성병에 걸리지 않았죠. 엄청나게 책을 읽었지만 절대 성공한 작가가 되고 싶지는 않았습니다. 이가 빠진 건 방랑적 삶 때문에 이를 관리하지 못한 선불교도 게리 스나이더[55]에 대한 일종의 오마주로 여겼지요. 하지만 모든 건 때가 오게 마련입니다. 아이를 낳을 때가 오고 책을 쓸 때가 오지요. 병에 걸릴 때도 옵니다. 여행의 끝이 오는 거죠.

병과 막다른 길

보들레르의 시 중에 「여행Le voyage」이라는 시가 있습니다. 장황하고 혼란스러운 시로 극단적으로 번뜩이는 정신 착란을 보여 줍니다. 굳이 여기에 그 시를 모두 옮길 필요는 없겠지요. 시인 안토니오 마르티네스 사리온[56]이 번역한 첫 시구는 이렇게 시작합니다.

지도와 판화에 심취한 소년에게
세상이란 소년의 호기심이어라.

시는 한 소년으로 시작합니다. 모험과 두려움을 다루는 시로써 자연스레 한 소년의 순수한 눈에서 시작하는

---

[55] Gary Snyder(1930~). 미국의 시인. 앨런 긴즈버그Allen Ginsberg(1926~1997)와 함께 비트 운동의 교조적 존재로 일본에서 임제선을 수행한 바 있다.

[56] Antonio Martínez Sarrión(1939~). 스페인 시인이자 번역가.

[57] 『오디세이아Odysseia』에 나오는 마녀로 오디세우스를 곁에 두려 그의 부하를 돼지로 만든다.

거죠. 그 뒤로 이렇게 이어집니다.

> 어느 화창한 날 우린 떠난다네, 머릿속은 불타오르고
> 심장은 쓰라림과 분노 가득하니,
> 나아가리라, 파도처럼,
> 유한한 바다 위에 우리의 무한함을 흔들며.
>
> 불한당 같은 조국을 떠남에 기꺼워하는 이들,
> 어떤 이들 요람의 공포를 떠남에, 또 다른 이들도,
> 그지없이 아름다운 눈에 빠진 점성가들은
> 포악하고 치명적이며 향기로운 키르케[57]를 떠남에.
>
> 짐승이 되지 않으려, 그들은 취하는구나,
> 공간과 광채와 불타는 하늘에,
> 추위에 살이 에이고 태양에 그을리니,
> 입맞춤의 흔적 서서히 지워지도다.
> 하나 진정한 여행자들은 그저 떠나려고
> 떠나는 자들이라, 풍선처럼 가벼운 마음으로,
> 결단코 그들은 숙명을 피하지 못하나니
> 까닭 없이 외치는구나, 〈가자!〉

보들레르 시에서 뱃사람들이 원하는 여행은 어찌 보면 어쩔 수 없는 운명적 여행 같습니다. 나는 여행하려 합니다. 미지의 땅에서 길을 잃을 테죠. 무엇을 만나고 무슨 일이 생길까요. 하지만 그 전에 모든 것을 내려놓으렵니다. 다시 말해, 진정한 여행을 하려면 여행자는 아무것도 잃을 게 없어야 하니까요. 여행, 이 멀고도 파

란만장한 19세기의 여행은 입원실에서 아사신 암살 교단[58]의 불한당처럼 수건으로 얼굴을 가린 자들이 기다리는 수술실로 향하는 침대 위 환자의 여행과 다르지 않습니다. 분명, 여행 초기엔 낙원에 대한 비전이 살아 있습니다. 그런 비전은 여행자의 현실보다는 그의 의지나 문화에서 비롯한 것이지요.

> 경이로운 여행자들이여! 우리는 바다처럼 깊은
> 그대들 눈에서 참으로 고귀한 이야기를 읽는구나!
> 그 풍요로운 기억의 상자를 우리에게 보여 주시오.

그리고 뒤이어 말합니다. 「그대들은 무엇을 보았는가?」 이에 여행자 혹은 여행자를 대변하는 유령은 지옥의 시절을 헤아리며 화답하지요. 분명 보들레르의 여행자는 육신이 슬프다는 것과 이미 모든 책이 읽혔다는 걸 믿지 않습니다. 엔트로피의 보석이자 트로피인 육신이 슬프고도 슬프며 단 한 권의 책을 읽어도 모든 책을 읽은 것임을 알면서도 말입니다. 보들레르의 여행자는 불타는 이성과 쓰라림과 분노가 넘치는 심장을 지닌 인물입니다. 다시 말해, 아주 급진적이고 근대적인 여행자일 것입니다. 물론 그 여행자는 마땅히 자신을 구원하고자

---

58 아사신파는 이슬람 시아파를 원류로 하는 이스마일파의 분파로 엄격한 규율과 훈련을 통해 종파상의 적대자와 정적을 암살하는 것으로 유명하다. 11세기부터 13세기에 걸쳐 시리아, 팔레스타인, 이집트, 이란, 이라크 등지에서 활동했다.

59 여기서 〈보다〉는 시인이 〈투시자voyant〉가 돼야 한다는 랭보의 시론에서 비롯한 것이다. 랭보는 「투시자의 편지Lettre du voyant」에서 〈보들레르는 첫 번째 투시자이고, 시인들의 왕이며, 진정한 신〉이라 언급한다.

하며 보고자[59] 하는 인물이지만 자신을 구원하고자 한다는 건 변함없습니다. 이 여행, 이 시 전체는 곧장 심연으로 향하는 격앙된 카라반이나 배 같습니다. 하지만 우리는 혐오와 절망, 멸시 속에서도 여행자가 자신을 구원하고자 함을 알 수 있지요. 오디세우스처럼, 드넓은 하늘과 심연을 혼동하며 침대에 실려 여행하는 자처럼 마침내 그가 만난 것은 다름 아닌 자신의 얼굴입니다.

여행에서 얻는 그 쓰라림을 알라!
단조롭고 작은 이 세상은, 오늘, 어제, 내일, 그 어떤 순간에든,
우리에게 우리의 모습을 비추는구나.
권태의 사막 한가운데 있는 공포의 오아시스!

이 시구로 우리는 진실이 무엇인지 충분히 알 수 있습니다. 권태의 사막 한가운데 있는 공포의 오아시스. 근대인의 병을 표현하는 데 이보다 더 명확한 진단이 있을까요. 그 권태를 벗어나는 데, 그 죽음의 상태를 탈출하는 데 우리 손에 주어진 유일한 것, 그렇다고 그다지 우리가 손에 쥐고 있지도 않은 그것은 바로 공포입니다. 다시 말해, 악이란 말입니다. 우리는 좀비처럼, 밀가루 빵으로 연명하는 노예처럼 살고 있습니다. 그게 아니라면 노예를 만드는 사람으로, 악한으로, 아내와 세 자식을 살해한 후 뻘뻘 땀을 흘리며 미처 알지 못한 뭔가를 지닌 것처럼 스스로를 낯설어하면서도 자유를 느끼고 그 희생자들이 죽을 만했다고 말해 놓고, 몇 시간이 지나 정신이 들면 누구도 그런 잔인한 죽음을 맞아서는

안 되며 자기가 미쳤었나 보다면서 경찰에게 자기를 내 버려 두라고 요구하는 인간처럼 살고 있습니다. 오아시 스는 늘 오아시스죠. 특히나 권태의 사막에서 벗어난 자에겐 더욱 그렇습니다. 오아시스에서는 마시고 먹고 상처를 치유하고 휴식을 취할 수 있지만, 만약 그 오아 시스가 공포의 오아시스라면, 오직 공포의 오아시스만 존재한다면, 정말 그렇다면 여행자는 육체가 슬픈 것이 며 모든 책이 이미 읽혔고 여행은 신기루에 불과하다고 확언할 수 있겠지요. 오늘날의 모든 것이 이 세상에는 공포의 오아시스만 존재한다고, 혹은 모든 오아시스가 공포를 향하고 있다고 하는 것 같습니다.

병과 다큐

병과 관련해 기억에 남은 가장 생생한 이미지들 중 한 남자가 떠오르네요. 이름은 기억나지 않지만 구걸과 아 방가르드, 자위 행위자들과 근대적 은자들 속에서 지내 던 뉴요커 예술가였지요. 몇 해 전 어느 날 밤 아무도 텔 레비전을 보지 않을 시간에 어느 다큐멘터리에 그가 나 왔습니다. 그는 극단적 마조히스트였고 자신의 성적 취 향 혹은 자신의 운명이나 불치의 악습에서 예술적 소재 를 끌어냈습니다. 반은 배우였고 반은 화가였죠. 내 기 억에 그는 아주 큰 편은 아니었으며 머리가 빠지고 있었 습니다. 그는 자기의 경험을 촬영했습니다. 그 경험들은 고통의 장면들이었죠. 고통은 갈수록 심해졌고 어떤 땐 죽음에 이를 지경이었습니다. 어느 날 늘 그랬듯 병원에 다녀온 그는 자신이 치명적인 병을 앓고 있다는 사실을

60 미국 뉴욕 브루클린 남쪽에 있는 반도로 원래는 섬이었다.

알게 됩니다. 그 소식에 그는 놀랍니다. 하지만 놀라움도 그리 오래가지 않죠. 그는 곧장 최후의 퍼포먼스를 찍기 시작합니다. 이번엔 예전과 달리 도입부만큼은 주목할 만한 서사로 구성합니다. 그 장면에서 그는 지나친 행위와 격정적인 몸짓의 효과를 더 이상 신뢰하지 않는다는 듯이 차분하다 못해 진중해 보입니다. 예를 들어, 코니아일랜드[60] 산책길 같은 길을 따라 페달을 밟으며 자전거를 타고, 뒤이어 방파제에 앉아 가끔씩 바다를 보고 카메라에 곁눈질을 보내며 자신의 유년기와 성년기의 끊어진 기억들을 회상합니다. 그의 목소리나 표정은 차갑지도 따뜻하지도 않습니다. 그의 목소리는 외계인의 목소리도, 그렇다고 절망에 싸여 침대 밑에 숨어 눈을 감은 자의 목소리도 아닙니다. 맹인의 목소리와 표정에 가깝다고 할 순 있겠지만, 만약 그가 맹인이라 친다면, 물론 그럴 리 없지만, 다른 맹인한테 말하는 맹인의 목소리였겠지요. 나는 그가 자기의 운명을 평화로이 받아들였다고 생각하지 않으며 그 운명에 맞서 양팔을 벌리고 싸우려는 것도 아니라고 생각합니다. 나는 오히려 자신에게 닥친 운명에 완전히 무관심한 남자를 그려 내고 있다고 봅니다. 마지막 장면은 병원에서 찍습니다. 그는 이제 병원을 나갈 수 없다는 걸, 죽음만 남았다는 걸 알고 있습니다. 하지만 그는 여전히 카메라를 응시하고 있고 카메라는 이 마지막 퍼포먼스를 담아 냅니다. 이 장면에서 잠 못 이루는 시청자는 카메라가 두 대라는 것, 다시 말해 작품이 두 개라는 사실을 알게 되는데, 하나는 시청자가 텔레비전으로 보고 있는 프랑스에선가 독일에서 만든 다큐멘터리이고, 다른 하나는 퍼포먼스를 찍으며 내가 이름을 잊어버렸거나 그가 죽을 때까지 이름을 알지 못했던 그 예술가의 다큐멘터리, 바로 그가 프로크루스테스의 침대[61]에서 손이나 강철 같은 눈으로 지휘한 다큐멘터리입니다. 프랑스인 혹은 독일인 내레이터의 목소리가 그 뉴요커에게 작별을 고합니다. 그리고 화면이 검게 변하면서 몇 주 후 그가 죽은 날짜를 보여 줍니다. 그러나 우린 고통의 예술가에 대한 다큐멘터리, 계속하여 천천히 그 고통을 찍었을 다큐멘터리를 볼 순 없습니다. 다만 그걸 상상하거나 검게 흩어진 화면에서 그가 죽은 날짜를 읽을 수 있을 따름이지요. 만약 우리가 그 장면을 봤다면 견딜 수 없었을 것입니다.

병과 시

거대한 권태의 사막과 없다고만은 할 수 없는 공포의 오아시스 사이에 세 번째 선택지가 있습니다. 어쩌면 엔텔레케이아[62]일지도 모를 이것에 대해 보들레르는 다음과 같이 말합니다.

우리는, 불길이 우리의 머릿속을 태우나니, 심연으로 추락하고자 한다,
천상이든 지옥이든, 무슨 상관이랴!

61 보통 절대적 기준을 설정하여 모든 것을 획일적으로 재단하려는 행위를 의미한다. 그리스 신화에서 프로크루스테스는 아티카 지방의 잔인한 도둑으로, 행인을 자신의 쇠 침대에 눕혀 그의 키가 침대의 길이보다 작으면 키를 늘려 죽이고 침대보다 크면 다리를 잘라 죽였다.
62 아리스토텔레스(B.C. 384~B.C. 322)가 가능성으로서의 질료가 형상과 결부하여 현실성을 획득한 상태를 가리킬 때 쓴 용어이다. 〈완전현실태(完全現實態)〉를 말하는 것으로, 목적을 달성하여 완전한 상태에 있는 것을 의미한다. 때로는 현실태(現實態, 에네르게이아)와 같은 의미로 쓰인다.

그 미지의 세계 깊은 곳으로, 새로운 것을 찾아.

〈그 미지의 세계 깊은 곳으로, 새로운 것을 찾아〉라는 마지막 시구는 무한에 무한이 더해지더라도 무한은 여전히 무한이듯, 본질적인 변화 없이 공포로 수렴되는 공포에 맞서 싸우는 예술의 초라한 깃발입니다. 그것은 시인들의 전투가 대부분 그렇듯, 이미 패퇴가 자명한 전투를 하는 것입니다. 이것은 로트레아몽과 대비되는데, 로트레아몽의 여행은 변방에서 메트로폴리스를 향하고 있으며, 그가 여행을 하고 세상을 보는 방식이 여전히 절대적 미스터리로 덮여 있기 때문에 우리는 그가 전투적 허무주의자인지, 알 수 없는 낙관주의자인지, 절박한 코뮌의 비밀 지휘자인지 알 수 없지요. 랭보는 이에 대해 분명 아는 바가 있었습니다. 그는 로트레아몽 같은 열정으로 책과 섹스와 여행에 침잠해 들어갑니다. 다이아몬드 같은 불빛을 들고 글을 쓴다는 것이 아무것도 아니라는 것을 찾아내고 이해하려고 말입니다(글쓰기는 당연히 글을 읽는 것과 다르지 않으며, 그것은 때로 여행과 아주 비슷하고 그 여행은 경우에 따라 특권적이기도 하죠. 또한 글쓰기는 섹스와도 같습니다. 랭보에 따르면, 그 모든 게 신기루 같지요. 거기엔 오직 사막만 있을 뿐이며 우리를 비열하게 만드는 오아시스의 머나먼 빛이 가끔 보일 따름입니다). 이제 말라르메가 등장합니다. 그 모든 위대한 시인들보다 순진하지 않았던 그는 우리에게 여행을 하라고, 다시 여행을 해야 한다고 말합니다. 그러니 이에 익숙하지 않은 독자는 의심하게 되지요. 말라르메가 뭐라는 거지? 그의 열의가 대체 어디를 향하는 거지? 우리를 여행에 초대하는 건가 아니면 손발을 묶어 죽음으로 내모는 건가? 우릴 놀리는 건가 아니면 순수하게 동조해 달라는 건가? 말라르메가 보들레르를 읽지 않았을 가능성은 없을진대, 그러면 뭘 하려는 거지? 내 생각에 그 대답은 아주 간단합니다. 말라르메는 여행과 여행자의 운명이 어떤지 알면서도 그 여행을 다시 시작하고자 합니다. 다시 말해, 『이지튀르』[63]의 저자는 우리의 행위만 병든 게 아니라 언어 또한 병들어 있다고 하는 것입니다. 우리가 치료를 위해 해독제나 약을 찾을 때, 새로운 것, 오직 미지의 곳에서 발견되는 그것을 찾으려면 섹스와 책과 여행을 탐험해야 합니다. 비록 이것들이 우리를 심연으로 이끌지라도 말입니다. 어쩌면 그 심연이 해독제를 찾을 수 있는 유일한 곳일지도 모릅니다.

병과 검사

이제 생전에 내가 본 가장 큰 엘리베이터로 돌아갈 때입니다. 목자가 소규모 양 떼와 미친 소 두 마리를 태울 만한 혹은 간호사가 빈 간이침대 두 개를 끌고 탈 만한 이 엘리베이터에서 나는 일본 인형만큼이나 키가 작은 의사에게 섹스를 하자고 아니면 시도라도 해보자고 말할 가능성과 내가 이상한 나라의 앨리스처럼 그 자리에서 눈물을 쏟고, 큐브릭 감독의 영화 「샤이닝The Shining」의 피처럼 내 눈물이 엘리베이터에 넘칠 가능성을 말 그대로 따져 보고 있었습니다. 하지만 훌륭한 몸가짐이란 넘치는 법이 없으니 괴로울 일이 많지 않은데, 이번처럼

---

[63] *Igitur*(1925). 말라르메의 유작.

경우에 따라서는 괴로울 때가 있지요. 이윽고 일본 인형 같은 의사와 나는 병원 뒷벽 쪽으로 창이 난 어느 작은 방에서 이상하기 짝이 없는 검사를 했습니다. 나는 그 검사들이 일요일자 신문 오락면에 나오는 문제들과 똑같다고 생각했죠. 물론 나는 내 담당의가 착각하여 부질없이 애쓰고 있다는 걸 그녀에게 입증하려는 듯 검사를 잘 받으려 했습니다. 물론 그 작은 일본 인형은 나무랄 데 없이 검사를 잘하고 있었고 나를 안심시키려는 미소 한 번 짓지 않을 정도로 냉정했습니다. 그녀는 새 검사를 시작할 때라야 입을 열었습니다. 나는 간 이식 성공 가능성을 물었습니다. 가능성은 높습니다, 그녀가 말했습니다. 몇 퍼센트나 될까요? 내가 물었죠. 60퍼센트 정도 됩니다, 그녀가 말했습니다. 염병, 얼마 되지도 않네, 내가 말했습니다. 이론적으론 완벽합니다, 그녀가 말했습니다. 여러 검사 중에 아주 단순한 검사가 있었는데 그게 무척 맘에 들었습니다. 두 손을 반듯이 올려 의사가 손바닥을 볼 수 있게 합니다. 그리고 나는 손등을 보며 몇 초간 버티는 거죠. 나는 그게 대체 뭐하는 검사냐고 물었습니다. 그녀는 내 병이 아주 악화된 상태라면 손을 그렇게 들 수 없다고 하더군요. 손이 저절로 그녀를 향해 접힐 거라고 했습니다. 야, 놀랍네요, 그렇게 말했던 것 같습니다. 웃음을 보였는지도 모르겠습니다. 그때부터 나는 어디서든 매일 그 검사를 하고 있습니다. 손을 눈앞으로 쭉 펴고 손등을 내 쪽으로 하여 몇 초 동안 내 손마디와 손톱, 손가락의 주름들을 살펴보지요. 내가 손가락을 반듯이 유지할 수 없는 날이 오면 어찌해야 할지 모르겠습니다. 그냥 내버려 둘 거란 걸 알지만. 말라르메는 한 번의 주사위 던지기는 결코 우연을 폐기하지 못하리라[64]라고 썼습니다. 하지만 매일 주사위를 던져야 합니다. 내가 매일 손가락 들어 올리기 테스트를 해야 하듯이 말입니다.

병과 카프카

카네티[65]는 그의 저술에서 20세기 최고의 작가 카프카가 주사위는 이미 던져졌고 처음 피를 토한 날 이후로 그 무엇도 자신과 글쓰기를 떼어 놓을 수 없다는 것을 알았다고 합니다. 글쓰기와 떨어질 수 없다는 말로 난 무슨 말을 하려는 걸까요? 솔직히 잘 모르겠습니다. 아마도 나는 카프카가 여행과 섹스, 책은 어디로도 이어지지 않는 길이며, 그럼에도 뭔가를 찾아서 그 길에 들어서고 길을 잃어야 한다는 걸 알고 있었다고 말하려 했던 것 같습니다. 그 뭔가가 책이든, 몸짓이든, 잃어버린 무엇이든, 그것이 어떤 방법이든, 그 어떤 것이 됐든, 그걸 찾아서 말입니다. 운이 따르면 늘 거기에 있었던 것, 바로 새로운 것을 찾을지도 모르지요.

---

64 말라르메의 작품 「주사위 던지기Un coup de dés」(1897)에 있는 시구다. 이 시는 〈한 번의 주사위 던지기는 결코 우연을 폐기하지 못하리라〉와 〈모든 사고는 주사위 던지기를 발현한다〉는 두 개의 주 문장과 그 사이에 섞여 있는 보조 문장으로 구성되어 있다.

65 Elias Canetti(1905~1994). 1981년 노벨 문학상을 수상한 영국 작가. 불가리아 태생으로 독일어로 작품을 썼다.

66 Cthulhu. 1928년 펄프 매거진 『위어드 테일스Weird Tales』에 실린 「크툴루의 부름The Call of Cthulhu」에 처음 등장했다. 저자 러브크래프트는 크툴루를 남태평양에 침몰한 도시 르리에의 지배자로서, 깨어남과 동시에 재앙을 가져올 악신으로 그렸다. 어거스트 덜레스 같은 후대 작가들이 신화적 이야기로 발전시켰다.

크툴루[66] 신화

알란 파울스[67]에게

이 어두운 세계에서 희망 가득한 긍정의 말로 이 글을 시작하는 걸 허락해 주시기 바랍니다. 스페인어 문학의 현재는 참으로 좋지요! 이보다 좋을 수 없습니다! 최상이죠!

그런데 내 생각보다 더 좋다면 어떡한다.
하지만 호들갑 떨진 맙시다. 그것도 좋지만 누구도 심장 마비를 걱정할 필요는 없어요. 쇼크받을 만한 건 아무것도 없으니.

콘테[68]라는 비평가는 페레스 레베르테[69]를 완벽한 스페인 소설가라 하더군요. 그 내용이 실린 스크랩이 없는 관계로 그의 말을 그대로 옮기지는 못하겠네요. 어쨌든 내 기억에 콘테는 페레스 레베르테가 현재 스페인 문학에서 가장 완벽한 소설가라고 했죠. 완벽에 이르렀으니 계속해서 완벽한 소설가가 될 거라는 듯이 말입니다. 콘테가 그랬는지 소설가 마르세[70]가 그랬는지는 모르겠지만, 그의 두드러진 장점이 작품의 가독성이라더군요. 그 가독성으로 페레스 레베르테는 가장 완벽한 소설가가 됐을 뿐만 아니라 가장 많이 읽힌 소설가가 됐죠. 그러니까 작품을 가장 많이 판 작가가 됐단 얘깁니다.

그렇게 보면 스페인 서사 문학에서 가장 완벽한 소설가는 바스케스 피게로아[71]가 아닐까 싶은데, 그는 여가 시간에 바닷물에서 소금기를 빼는 기계인가 시스템인가를 발명하고 있죠. 그 장치는 바닷물을 담수로 만들어 농업용수로도 쓰고 사람들이 샤워하는 데도 쓰는데, 아마 식수로도 무방할 것입니다. 바스케스 피게로아는 가장 완벽한 작가는 아니지만 분명 완벽한 작가죠. 가

67 Alan Pauls(1959~). 아르헨티나 작가. 볼라뇨가 라틴 아메리카 생존 작가 중 최고의 작가 반열에 드는 작가라 극찬한 바 있다.

68 Rafael Conte(1935~2009). 스페인 문학 비평가로 페레스 레베르테 대해 스페인 일간지 「엘 파이스」 2002년 8월 6일 자에 〈이 시대 스페인 문학에 있어 가장 완벽한 소설가〉라면서 〈가장 완벽하다는 말은 그가 완벽주의자라는 의미이다〉라고 했다.

69 Arturo Pérez-Reverte(1951~). 스페인 소설가, 저널리스트로 주로 추리 소설을 기반으로 한 미스터리 소설을 발표했으며 대표작으로 『뒤마 클럽El club Dumas』(1993), 『검의 대가El maestro de esgrima』(1988), 『플랑드르 거장의 그림La tabla de Flandes』(1990)이 있다.

70 Juan Marsé(1933~). 스페인 소설가, 저널리스트, 영화 시나리오 작가로 2008년 세르반테스 문학상을 수상하였으며 대표작으로 『여대생과 좀도둑 Últimas tardes con Teresa』(1966)이 있다.

71 Alberto Vázquez-Figueroa(1936). 스페인 작가이자 기자이며 발명가이기도 하다. 『우리 모두 잘못이다Todos somos culpables』(2001)를 썼으며, 바닷물을 담수로 만드는 장치를 고안하기도 했다.

72 Camilo José Cela(1916~2002). 스페인의 소설가로 1989년 노벨 문학상을 수상했다. 『벌집』(1951)은 1942년 스페인 마드리드를 배경으로 스페인 내전 이후의 다양한 인간 군상을 관조적으로 바라본 셀라의 대표작이다.

73 José Sacristán(1937~), 스페인 배우. 영화 「벌집」에서 마티아스 역으로 출연했다.

독성도 있고, 재미도 있고, 게다가 많이 팔렸습니다. 그의 이야기들은 페레스 레베르테의 작품처럼 모험이 가득하죠.

솔직히 콘테가 쓴 글을 여기서 보여 주고 싶네요. 낡은 정장에 「모비미엔토Movimiento」라는 지역 신문에 실린 자기 글을 스크랩해서 넣고 다니는, 셀라[72]의 『벌집 La colmena』에 나오는 인물처럼 그 기사를 스크랩하여 지니고 다니지 못한 게 안타까울 따름입니다. 작품에서 얼마나 중요할지 빤히 보이는 그 인물에서 나는 호세 사크리스탄[73]의 얼굴이 떠올리는데, 영화에서 그는 구겨진 스크랩을 호주머니에 넣고 두들겨 맞은 개처럼 알 수 없는 얼굴, 무방비의 창백한 얼굴로 감당하기 벅찬 이 나라의 드넓은 고원을 방랑하죠. 이쯤에서 두 가지 해석적 여담 혹은 탄식을 해야겠네요. 호세 사크리스탄이 얼마나 훌륭하고 어찌나 유쾌하고 잘 이해되던지! 그리고 셀라한테 어찌나 신기한 일이 벌어지던지! 그가 시간이 갈수록 칠레나 멕시코 농장주를 닮아 가더니, 내성적인 라틴 아메리카인이 말하듯이, 그의 뒤를 이어 천하고 제멋대로지만 집요하고 거친 목소리를 내는 자식들 혹은 불한당들이 잡초 덤불처럼 혹은, 엘리엇의 표현을 빌리면, 황량한 땅의 하얀 라일락처럼 태어나 자라더군요.

셀라의 믿기지 않을 만큼 뚱뚱한 주검을 우리가 백마에 태운다면, 우리는 스페인 문학에 새로운 엘 시드[74]를 가질 수 있으며, 사실 벌써 그리했죠.

원칙에 대한 선언.

원칙적으로 나는 명쾌함과 즐거움에 전혀 적대적이지 않습니다. 나중에 보면 아실 겁니다.

이런 선언은 언제나 유익하지요. 소택지, 사막, 노동자 계층이 사는 변두리, 스스로를 비추는 소설-거울로 능숙하게 위장한 클럽메드[75] 같은 이 문학계에 들어오면 말이죠.

누군가 대답해 줬으면 하는 수사적인 질문이 있는데, 페레스 레베르테나 바스케스 피게로아 혹은 다른 성공한 작가들, 예를 들어 무뇨스 몰리나[76]나 데 프라다[77]라는 성을 지닌 젊은 작가의 작품이 그리도 잘 팔립니까? 그저 재밌고 명쾌해서 그런 겁니까? 독자를 붕 띄우는 이야기를 해서 그런 건가요? 대답할 사람 없나요? 누가 대답할 수 있을까요? 차라리 아무도 대답하지 마시길.

---

74 Rodrigo Díaz de Vivar(1043~1099). 카스티야의 귀족이자 스페인의 국민적 영웅 엘 시드El Cid로 알려져 있다. 그의 업적을 찬양한 무훈 서사시로 『시드의 노래Cantar de mio Cid』가 있다.

75 프랑스의 호텔 체인으로 1950년 스페인 마요르카 섬에 처음 세워진 후 세계적 호텔 그룹으로 성장하였다.

76 Antonio Muñoz Molina(1956~). 스페인 작가. 대표작으로 『리스본의 겨울El invierno en Lisboa』(1987), 『폴란드 기병El jinete polaco』(1991)이 있다.

77 Juan Manuel de Prada(1970~). 스페인 작가이자 문학 비평가.

78 Federico García Lorca(1898~1936). 스페인의 시인이자 극작가. 대표작으로 3대 비극 『피의 혼례Bodas de sangre』(1933), 『예르마Yerma』(1913), 『베르나르다 알바의 집La casa de Bernarda Alba』(1934)이 있다. 여기서 볼라뇨는 동성애를 다룬 로르카의 극작품 『대중El público』을 가리키고 있다.

79 이탈리아의 철학자이자 정치가인 지안니 바티모(1936~)는 〈약한 사고〉의 개념을 통해 절대적 진실의 허위성을 드러내고 자유로운 해석의 실천을 주장한다. 상대주의적 관점을 지닌 그의 논리는 해석의 자유와 문화적 다원주의를 강조한다.

누구도 친구를 잃는 일은 없으셔야죠. 그러니 그냥 내가 답하지요. 그들의 작품이 그저 재밌고 명쾌해서 잘 팔리는 게 아닙니다. 단지 그렇기 때문은 아닙니다. 그들의 책이 팔리고 대중의 인기를 누리는 이유는 대중이 그들의 이야기를 이해하기 때문입니다. 다시 말해, 결코 실수하는 법이 없는 독자들은, 물론 모든 독자가 그렇다는 게 아니라 그들의 작품을 읽는 소비자가 그렇다는 것인데, 그들의 소설과 단편을 완벽하게 이해합니다. 비평가 콘테도 이 사실을 알고 있었거나, 젊어서 그렇게 직관했을 겁니다. 소설가 마르세는 연배가 있어 그 점을 잘 알고 있을 겁니다. 가르시아 로르카[78]가 어느 남창과 현관에 숨어들며 말했듯이, 대중은 결코, 결단코, 착각하지 않습니다. 그럼 대중은 왜 착각하지 않을까요? 대중은 이해하니까요.

물론 소설을 쓰면서 명쾌함과 즐거움을 끊임없이 연습할 필요가 있습니다. 예술로서 소설은 과학과 텔레비전이 독점하고 있는 (비)공식 역사를 바꾸는 움직임의 외부에서 고안되지요. 물론 에세이나 철학에 즐거움과 명쾌함을 요구하는 경우라면 파국적 결과가 야기될 것이 뻔합니다. 그렇다고 그것들이 가망성을 잃거나 한동안 찾지도 바라지도 않는 것으로 전락하진 않습니다. 예를 들어, 약한 사고[79]가 그렇습니다. 솔직히 말해 나는 그 약한 사고라는 것이 대체 무슨 말인지 모르겠습니다. 나는 20세기 이탈리아 철학자가 이 말을 썼던 것으로 기억하는데, 그의 책도 그에 관한 책도 읽어 보지 못했습니다. 이유야 많지만, 변명이 아니라 정말로 책 살

돈이 없었죠. 아마 그 개념은 신문에서 읽었던 것 같아요. 약한 사고라는 게 있다는 걸 그렇게 알게 됐죠. 그 이탈리아 철학자는 아직 살아 있을 겁니다. 어쨌든 그 이탈리아인이 중요한 게 아닙니다. 내가 약한 사고라는 말을 꺼낸 건 뭔가 다른 걸 말하고자 한 겁니다. 아마 그랬을 거예요. 중요한 건 그의 책 제목입니다. 우리가 『돈키호테Don Quixote』를 얘기할 때처럼, 중요한 건 책이 아니라 책 제목과 거기 나온 풍차들이죠. 카프카를 언급할 때, 중요한 건 카프카와 불이 아니라(신이시여, 용서하시길) 그 작은 창문 너머의 아줌마나 아저씨라는 겁니다(이것을 응결, 우리의 기관으로 포착된 이미지, 역사적 기억, 우연과 필연의 응고라고 하지요). 배가 고파서 어지러울 때처럼 내가 갑작스레 어지러운 듯 얘기한 약한 사고의 힘은 철학에 정통하지 않은 사람에게 철학적 방법론으로 제시된다는 데 있습니다. 약자 계층을 위한 약한 사고. 30미터 높이의 비계 가장자리에서 『논리 철학 논고』[80]를 끼고 앉아 보지도, 초페 보카디요를 먹으며 그 책을 읽어 보지도 않은 헤로나의 건축 노동자도 광고 마케팅이 잘된다면 그 이탈리아 철학자나 그 제자들을 읽을 것이고 그들의 명쾌하고 즐겁고 지적인 글쓰기가 노동자의 마음 깊은 곳에 머물 겁니다.

---

80 *Tractatus Logico-Philosophicus*(1922). 비트겐슈타인의 저작.

81 소금에 절여 말린 돼지 뒷다리.

82 소고기와 돼지고기로 만든 소시지.

83 돼지고기 소시지.

84 알발Albal이란 상표 이름과 〈여명〉을 뜻하는 알바Alba의 말장난.

85 Bruno Montané(1957~). 칠레 시인으로 볼라뇨와 더불어 1970년대 중반 멕시코에서 인프라레알리스모Infrarrealismo 시 문학 운동에 참여했다.

좀 어지러웠지만, 조금 전 나는 영원 회귀의 주현절을 맞은 니체 같은 느낌이었습니다. 무한정 흐르는 나노초, 모두가 영원의 축복을 받는 것 같았지요.

초페가 뭐죠? 초페 보카디요는 어떻게 만들죠? 토마토와 올리브유 몇 방울을 넣은 빵인가요, 아니면 제조사 이름을 따서 알발Albal이라 부르는 은박지로 싼 마른 빵을 말하는 건가요? 초페가 뭐죠? 소시지? 하몽[81]과 소시지를 섞은 건가? 살라미[82]와 소시지를 섞은 건가? 초페에는 초리소[83]나 소시지가 들어 있나? 그 은박지 상표는 왜 알발이지? 네메시오 알발이란 성명에서 성을 딴 건가? 아니면 여명Alba,[84] 연인들의 그 맑은 여명, 혹은 일 나가기 전에 도시락에 5백 그램의 빵과 그에 맞는 양의 얇게 썬 초페를 넣어 가는 노동자들의 여명을 말하는 것인가?

연한 금속 빛의 여명. 변기 위의 맑은 여명. 아주 오래전에 브루노 몬타네[85]와 이런 제목의 시를 썼었죠. 그런데 얼마 전에 그 제목의 시가 다른 시인의 이름으로 나왔더군요. 아, 이런, 무지한 사람들 같으니라고. 발굴과 계략과 추적이 대체 어디까지 거슬러 오르는지. 게다가 그딴 제목을 붙인 건 정말 최악이죠.

어쨌거나 비계 위에 내려앉은 약한 사고로 돌아가 봅시다. 약한 사고는 재밌기도 하고 명쾌하지도 모자라지도 않죠. 우리가 사회적 약자라고 하는 사람들도 그 메시지를 완벽하게 이해합니다. 예를 들어, 히틀러는 약한 사고에 대한 에세이스트 혹은 철학자였죠 — 내키는 대로 부르세요 — 그의 말은 다 이해되죠! 자기 계발서는 사실 실제적이고 즐거운 철학에 대한 책으로 길거리 남녀 누구나 이해하기 쉬운 철학입니다. 「빅 브러더」라는 텔레비전 프로그램을 해석하고 평가하는 그 스페인 철학자는 이해하기 쉽고 명쾌한 철학자죠. 비록 그의 설명이 몇십 년 후에나 이해되더라도 말이죠. 그의 이름이 기억나진 않는군요. 여러분 중 많은 분들이 눈치채셨겠지만, 이 글은 발표하기 며칠 전에 그저 기억나는 대로 쓴 글입니다. 다만 그 철학자가 라틴 아메리카에서 수년을 보낸 걸로 아는데, 그 나라는 열대성 기후에 망명자도 많고 모기도 엄청나고 악의 꽃이 무성한 곳이었던 것 같아요. 그 늙은 철학자는 지금 안달루시아가 아닌 다른 스페인 지역에서 목도리에 헌팅캡을 하고 끝나지 않을 것 같은 겨울을 버티면서 텔레비전으로 「빅 브러더」 참가자들을 보며 눈처럼 희고 차가운 종이 수첩에

---

86 Fernando Sánchez Dragó(1936~). 스페인 작가로 영혼, 과학, 종교 등에 관한 글을 썼다.

87 Lucía Etxebarria(1966~). 스페인 작가. 그녀는 자신의 작품 『이제 더는 사랑에 상처받지 않아요 Ya no sufro por amor』(2006)에서 심리학자 호르헤 카스티요의 「감상적 의존과 가정 폭력」의 몇 단락을 그대로 사용하였다.

88 Juan Goytisolo(1931~). 프랑코 독재에 저항한 작가로 당시 그의 작품은 스페인 내에서 출판이 금지되었다. 1956년 프랑스 파리로 망명하여 창작 활동을 하고 있다. 대표작으로 『전쟁의 풍경』(1985)과 『내가 아벨을 지키는 자입니까』(1955)가 있다.

89 Ana Rosa Quintana Hortal(1956~). 스페인 텔레비전 프로그램 진행자이자 저널리스트.

90 Pitita Esperanza Ridruejo. 영국 초대 필리핀 대사였던 호세 마누엘 에스텔라 이 스틸리아노포울로스 José Manuel Estela y Stilianopoulos의 부인이다. 1979년 스페인 마르베야에 머물 때 엘리자베스 2세의 동생 스노든 백작 부인이 방문한 것을 계기로 유명 인사가 되었다.

메모를 끼적거리며 살고 있죠.

산체스 드라고[86]는 최고의 신학책을 쓰는 작가지요. 이름은 잘 모르겠는데, 어느 미확인 비행 물체 전문가는 과학적 폭로에 관한 최고의 책을 써내죠. 루시아 엑세바리아[87]는 상호 텍스트성에 관한 한 최고의 책을 쓰지요. 산체스 드라고는 문화 다원성에 대한 책을 가장 잘 쓰죠. 후안 고이티솔로[88]는 최고의 정치적 작품을 씁니다. 산체스 드라고는 역사와 신화에 대한 최고의 책을 쓰지요. 상냥하기 그지없는 텔레비전 진행자, 아나 로사 킨타나[89]는 오늘날 학대받는 여성에 대한 최고의 책을 쓰고요. 산체스 드라고는 여행에 대한 최고의 책을 씁니다. 나는 산체스 드라고를 좋아합니다. 그의 나이를 가늠하지 못하겠어요. 헤나로 염색을 할까요? 아니면 이발소에서 쓰는 보통의 염색약을 쓸까요? 흰머리가 없나요? 흰머리도 없는 데다 대머리도 아니다? 보통 나이 든 사람들은 머리색이 예전 같지 않아서 일부러 머리를 밀지 않나요?

제가 정말로 하고 싶은 질문은 산체스 드라고가 왜 나를 자기 텔레비전 프로그램에 초대하지 않느냐는 겁니다. 불타는 가시나무로 향하는 죄인처럼 제가 무릎을 꿇고 그에게 가야 하나요? 제 건강이 지금보다 악화되면 불러 줄까요? 피티타 리드루에호[90]의 추천서라도 받아야 하나요? 조심하세요, 빅토르 산체스 드라고! 나도 참는 데 한계가 있고, 나도 한때는 주먹깨나 썼다고! 경고해 준 사람이 없었다고는 하지 마, 그레고리오 산체스 드라고!

 이 얘기를 해야겠네요. 해골도 권태로워하는 저 북동쪽에서 방향 표지판 오른편으로 죽음의 도시 코말라[91]가 다가오는 게 희미하게 보입니다. 이 기조 발표가 나귀를 타고 그 도시로 향하고 있고 나는 물론이고 여러분 모두 크고 작은 고민 속에 어떤 식으로든 그 도시를 향해 가고 있습니다. 그 도시로 들어가기 전에 니카노르 파라에 관한 이야기 하나를 들려 드리죠. 제가 파라의 제자가 될 수 있는 재능이 있었다면 스승으로 생각할 만한 분이지만 그럴 일은 없었죠. 언젠가, 아주 오래전도 아닙니다만, 콘셉시온 대학교가 니카노르 파라를 명예박사로 추대했습니다. 산타바르바라 대학교나 물첸 대학교, 코이구에 대학교 같은 칠레 대학교들도 그를 명예박사로 추대하고도 남았을 겁니다. 듣자 하니, 사립대를 세우려면 초등학교를 마치고 적당히 큰 집을 갖고 있는 걸로 충분했다고 합니다. 자유 시장의 혜택이었죠. 어쨌거나 콘셉시온 대학교가 특권적 대학교임은 분명합니다. 대학도 큰 데다, 내가 알기론 아직 국립대입니다. 그곳에서 니카노르 파라에게 경의를 표하며 그를 명예박사로 추대했고 그가 기조 발표를 했답니다. 니카노르 파라가 그곳에 참석하여 처음으로 꺼낸 얘기는 어릴 적엔가 사춘기 시절엔가 그 대학교에 간 적이 있다는 것이었죠. 그런데 공부하러 간 게 아니라 칠레에선 샌드위치나 상구체스라고 하는 보카디요를 팔러 갔다는 겁니

---

91 멕시코 중서부의 도시로 후안 룰포Juan Rulfo(1917~1986)의 소설 『페드로 파라모Pedro Páramo』(1955)에서 망자들의 공간이다.

다. 학생들이 쉬는 시간에 그걸 사 먹었다고 했죠. 가끔은 삼촌을 따라가거나 어머니와 함께 가기도 했고, 어떨 땐 은박지 대신 신문지나 크라프트지로 싼 샌드위치를 한가득 가방에 채우고 혼자 가기도 했답니다. 가방이 아니라 바구니였을지도 모르겠네요. 위생과 미관 때문에 혹은 실용적이어서 주방용 천을 덮고 말입니다. 미소를 머금은 칠레 남부의 교수들로 북적대는 강연장에서 니카노르 파라는 과거의 콘셉시온 대학교를 불러낸 거죠. 공허 속으로 사라지고 있는, 지금도 계속해서 공허 혹은 우리가 생각하는 공허라는 말의 무기력함 속으로 사라지고 있는 대학교를 말입니다. 이윽고 파라는 누추한 차림에 샌들을 신은, 가난한 사춘기 소년들에겐 금세 작아져 못 입게 될 옷을 입은 자신을 떠올렸습니다. 그리고 모든 게, 그 당시의 냄새, 그러니까 감기 걸린 칠레인의 냄새, 감기 걸린 남부 사람의 냄새조차도, 다른 시대 저 멀리 유럽의 비트겐슈타인이 자신과 우리에게 던진 질문에, 이 손이 손인가 손이 아닌가? 라는 그 해답 없는 질문에 나비처럼 꼼짝없이 붙들려 버렸습니다.

라틴 아메리카는 유럽의 정신 병원이었고 미국은 유럽의 공장이었습니다. 지금은 그 공장이 십장의 권력을 쥐었고 정신 병원에서 탈주한 미친놈들이 그 공장의 노동력이 됐습니다. 그 정신 병원은 70년 전부터 제 안의 기름과 지방으로 불타고 있습니다.

나는 오늘 특권적이고 버릇없는 라틴 아메리카 작가의 인터뷰를 읽었습니다. 존경하는 인물을 세 명만 꼽아 달라고 하니, 넬슨 만델라, 가브리엘 가르시아 마르케스, 마리오 바르가스 요사라고 대답했습니다.[92] 그 대답만 토대로 삼아도 라틴 아메리카 문학계 현실을 논문으로 쓸 수 있을 것입니다. 한가로운 독자는 이 세 인물의 닮은 점이 뭐냐고 물을 수도 있겠죠. 두 사람을 묶을 수는 있습니다. 노벨상이죠. 세 사람의 공통점도 있습니다. 오래전에 모두 좌파였다는 것입니다. 세 사람 모두 미리암 마케바[93]의 목소리를 존경할지도 모릅니다. 세 사람 모두 춤을 췄겠죠. 가르시아 마르케스와 바르가스 요사는 라틴 아메리카인들의 화려한 아파트에서, 만델

92 2010년 마리오 바르가스 요사의 노벨상 수상으로 현재 세 명 모두 노벨상 수상자이다.

93 Miriam Makeba(1932~2008). 마마 아프리카Mama Africa로 칭송되는 남아프리카 공화국의 전설적인 가수이자 흑인 차별 정책에 저항한 흑인 인권 운동가.

94 Thabo Mvuyelwa Mbeki(1942~). 1999~2008년까지 남아프리카 공화국의 대통령을 지냈다.

95 Muhammad Omar(1959~). 이슬람 원리주의 세력인 탈레반의 지도자.

96 Jörg Haider(1950~2008). 오스트리아의 극우 정치인.

97 Silvio Berlusconi(1937~). 이탈리아 최고 자산가이자 정치인. 세 차례 총리를 지냈으나 부정부패 및 미성년자 성매매에 연루되었으며 2011년 유로존 부채 위기에 대한 책임으로 총리직을 사퇴했다.

98 Alceo de Mitilene(B.C. 630~B.C. 580). 고대 그리스 시인으로 알카에우스Alcaeus로 알려져 있다.

99 Macedonio Fernández(1874~1952). 아르헨티나 작가이자 철학자.

100 Juan Carlos Onetti(1909~1994). 우루과이 작가.

101 Adolfo Bioy Casares(1914~1999). 아르헨티나 작가이자 저널리스트.

102 Julio Cortázar(1914~1984). 아르헨티나 작가. 가르시아 마르케스, 바르가스 요사, 카를로스 푸엔테스와 더불어 라틴 아메리카 붐 소설 작가에 포함된다.

103 José Revueltas Sánchez(1914~1976). 멕시코 작가.

104 Isabel Allende Llona(1942~). 칠레 작가. 살바도르 아옌데 전 대통령의 조카.

라는 외로이 감옥 안에서 발을 구르며 말입니다. 이 세 사람은 개탄스러운 돌고래들을 남겼지요. 가르시아 마르케스와 바르가스 요사는 명쾌하고 유쾌한 추종 작가들을, 만델라는 현 대통령이자 에이즈의 존재를 부정하는, 말로 형언할 수 없는 타보 음베키[94]를 말입니다. 어떻게 눈 하나 깜짝 않고 이 세 사람을 가장 존경하는 인물이라고 말할 수 있을까요? 왜 부시, 푸틴, 카스트로는 아닐까요? 왜 무하마드 오마르[95], 하이더[96], 베를루스코니[97]가 아닐까요? 산체스 드라고, 산체스 드라고, 산체스 드라고로 위장한 삼위일체는 왜 아닐까요?

방금 얘기했듯, 이게 우리한테 벌어지고 있는 일입니다. 물론 나는 나쁜 버릇이 든 그 작가가 입맛에 따라 마음대로 그 어떤 발표를 하더라도 그에 대한 준비가 되어 있습니다(이 말이 필요 이상으로 멜로드라마 같지만). 하고 싶은 말을 하고, 쓰고 싶은 걸 쓰고, 출판하고 싶은 대로 출판하라지요. 저는 검열도 자기 검열도 반대합니다. 알세오 데 미틸레네[98]가 말했듯, 단 하나의 조건만 있으면 됩니다. 당신이 원하는 걸 말하고자 한다면 원치 않는 것도 들어야 한다는 것이죠.

사실 라틴 아메리카 문학은 보르헤스도 마세도니오 페르난데스[99]도 오네티[100]도 비오이[101]도 코르타사르[102]도 룰포도 레부엘타스[103]도 아니며 가르시아 마르케스와 바르가스 요사라는 늙은 마초 듀엣도 아닙니다. 라틴 아메리카 문학은 이사벨 아옌데[104]고 루이스 세풀베다[105]고 앙헬레스 마스트레타[106]고 세르히오 라미레스[107]며 토마스

엘로이 마르티네스[108]고 아길라르 카민인가 카민[109]인가 하는 작자고 제가 이 순간 기억해 내지 못하는 수많은 작가들입니다.

레이날도 아레나스[110]의 작품은 이미 사라졌습니다. 푸이그[111]의 작품도, 코피[112]의 작품도, 로베르토 아를트[113]의 작품도 마찬가지죠. 이제 아무도 이바르구엔고이티아[114]를 읽지 않습니다. 몬테로소[115]라면 만델라, 가르시아 마르케스, 바르가스 요사를 잊지 못할 세 인물로 선정하고도 남았을 겁니다. 바르가스 요사를 브라이스 에체니케[116]로 대체할 수도 있겠지요. 하지만 몬테로소

105 Luis Sepúlveda(1949~). 칠레 소설가.

106 Ángeles Mastretta(1949~). 멕시코 작가, 저널리스트.

107 Sergio Ramírez Mercado(1942~). 니카라과 작가이자 부통령(1985~1990) 역임.

108 Tomás Eloy Martínez(1934~2010). 아르헨티나 작가, 저널리스트.

109 Héctor Aguilar Camín(1946~). 멕시코 작가, 저널리스트, 역사가.

110 Reinaldo Arenas(1943~1990). 쿠바 작가.

111 Manuel Puig(1932~1990). 아르헨티나 작가. 대표작 『거미 여인의 키스』가 있다.

112 Raúl Damonte Botana(1939~1987). 코피Copi로 알려진 아르헨티나 작가.

113 Roberto Arlt(1900~1942). 아르헨티나 작가.

114 Jorge Ibargüengoitia(1928~1983). 멕시코 작가.

115 Augusto Monterroso(1921~2003). 과테말라 작가.

116 Alfredo Bryce Echenique(1939~). 페루 작가.

117 Amado Nervo(1870~1919). 멕시코 시인이자 저널리스트이며 아르헨티나와 우루과이에서 멕시코 대사를 역임했다.

118 Sergio Pitol(1933~). 멕시코 작가이자 외교관.

119 Fernando Vallejo(1942~). 콜롬비아 작가이자 영화 제작자. 2003년 로물로 가예고스 문학상을 받았으며 2007년 멕시코 국적을 취득했다.

120 Ricardo Piglia(1941~). 아르헨티나 작가.

도 망각의 메커니즘 속으로 추락하는 데 그리 오래 걸리지 않을 겁니다. 지금은 관료 작가, 격투 작가, 헬스 작가, 휴스턴이나 뉴욕의 마요 클리닉에서 병을 고치는 작가들의 시대입니다. 바르가스 요사가 했던 가장 훌륭한 문학적 가르침은 아침 첫 햇살을 맞으며 조깅하라는 것이었습니다. 가르시아 마르케스의 최고의 가르침은 아바나에서 에나멜로 된 짧은 부츠를 신고 부츠를 신은 카스트로와 샌들을 신은 로마 주교를 맞으러 간 것이었죠. 나는 그 위대한 연회에서 차마 감추지 못한 마르케스의 미소를 아직도 기억하고 있습니다. 지그시 감은 눈, 주름 제거술을 막 끝낸 사람처럼 환히 펴진 얼굴, 가볍게 모은 입술. 아마도 네르보[117]라면 죽어라 부러워하며 그 입술을 사라센인의 입술이라고 했을 겁니다.

글래머들의 쇄도에 맞서 세르히오 피톨,[118] 페르난도 바예호,[119] 리카르도 피글리아[120]가 뭘 할 수 있을까요? 별로 없지요. 문학밖에는. 하지만 문학은 순전히 생존을 위한 것 이상의 찬란한 뭔가를 얻지 못하면 쓸데없는 짓입니다. 문학은, 특히 라틴 아메리카에선 — 스페인도 마찬가지인 것 같지만 — 분명 사회적으로 성공해야 의미가 있죠. 다시 말해, 엄청난 인쇄 부수에 서른 개 이상의 언어로 번역되고(스무 개 언어 정도는 알겠지만 스물다섯 개가 넘어가면 힘들 것 같네요. 그건 스물여섯 번째 언어가 없어서가 아니라, 에바 루나[121]의 마술적, 사실주의 아바타들에 감동할 미얀마의 독자들과 출판 산업이 상상되지 않기 때문입니다) 뉴욕이나 로스앤젤레스에 집이 있고 대단한 인물들과 저녁 식사를 하는 것입니다(그러면 아스나르 총리[122]가 세르누다[123]를 유창하게 읽듯 빌 클린턴이 『허클베리 핀의 모험The Adventures of Huckleberry Finn』의 한 구절을 통째로 외워서 낭송할 수 있는지 확인할 수 있을 테죠).

페레 힘페레르[124]가 지적하듯, 요즘 작가들은 이제 사회적 존경을 내던질 준비도 되지 않았고 포섭되지 않는 무리도 아닙니다. 이들은 오히려 중산층이나 프롤레타리아 출신으로써 존경을 갈구하고 존경의 에베레스트에 오르려고 하는 자들입니다. 그들은 마드리드 출신의 백인이나 혼혈인의 자식들이며 중하층 출신이라서 자신의 인생을 중상층에서 끝내고 싶어 하지요. 그들은 존경을 거부하지 않습니다. 필사적으로 존경을 갈구하지요. 존경받으려면 엄청나게 애써야 합니다. 책에 사인을 해주고, 웃어 주고, 낯선 곳으로 여행을 하고, 웃어 주고, 가십 프로그램에서 들러리도 해주고, 많이 웃어 주고, 무엇보다 돈을 벌게 해주는 사람의 손을 물어서는 안 되며, 도서전에 참여하고, 엿 같은 질문에도 기분 좋게 대답해 주고, 최악의 상황에서도 웃어 주고, 지적인

121 Eva Luna. 1987년 출간된 이사벨 아옌데의 소설 『에바 루나』의 인물.

122 José María Aznar(1953~). 1996부터 2004년까지 스페인 총리.

123 Luis Cernuda(1902~1963). 스페인 시인.

124 Pere Gimferrer(1945~). 스페인 시인이자 문학 비평가.

125 Francisco de Aldana(1537?~1578). 스페인 군인이자 16세기 대표 시인.

126 Margarita Xirgu(1888~1969). 스페인 배우. 스페인 및 라틴 아메리카에서 활동하였고 프랑코 독재 시절에 아메리카로 망명하였다. 가르시아 로르카와 친분이 두터웠다.

127 Hernán Rivera Letelier(1950~). 칠레 작가.

체하며 독자를 늘리고, 늘 고마움을 표해야 합니다.

그러니 그들이 갑자기 피곤해하더라도 놀랄 것 없습니다. 존경받기 위한 투쟁은 사람을 녹초로 만들지요. 하지만 신진 작가들은 부모님이 있었거나 몇몇은 여전히 부모님이 있습니다(신이시여, 그들을 오랫동안 보호하소서). 그 부모님이 쥐꼬리만 한 돈을 벌려고 노동자로서 소진되고 지치는 걸 봤으니, 신진 작가들은 끝도 없이 웃으며 권력 앞에 〈예〉라고 대답하는 일보다 훨씬 힘든 일이 뭔지 알고 있습니다. 훨씬 고된 일이 있다는 건 분명합니다. 어떤 식으로든 존경의 공간에 자리를 잡는 건 감동적인 일입니다. 비록 그것이 엎드려 절 받기라도 말입니다. 이젠 알다나[125]도 없으니 지금이 바로 죽을 때라고 말할 자도 없습니다. 하지만 전문 평론가, 패거리 회원, 학자, 정치 정당(좌파든 우파든)의 수족, 능숙한 표절자, 고집스러운 수작꾼, 마키아벨리적 겁쟁이는 있습니다. 그들은 문학계 내에선 과거 인물들과의 조화를 깨지 않으면서 부랴부랴 자기의 역할을 우아하게 수행하는 사람들이죠. 그리고 우리들이, 독자거나 구경꾼 혹은 (마르가리타 시르구[126]가 가르시아 로르카의 귀에 대고 속삭였듯) 대중, 대중, 대중인 우리들이 그들을 감당하고 있죠.

신이시여, 에르난 리베라 레텔리에르[127]에게 축복을 내리시고, 그의 촌스러움과 감상주의, 그의 올바른 정치적 위치와 어설픈 형식적 속임수에 축복을 내리소서. 제가 그 일을 도왔나이다. 신이시여, 가르시아 마르케스의 자손들과 옥타비오 파스의 자손들에게 축복을 내리소서, 제가 그 자손들을 책임져야 하나이다. 신이시여, 피델 카스트로의 동성애자 수용소와 아르헨티나에서 사라진 2만 명의 실종자를 축복하시고, 비델라[128]의 곤혹스러운 뻔뻔함과 하늘에 비친 늙은 마초 페론의 웃음을 축복하시고, 리우데자네이루의 아이들을 죽인 살인자들과 우고 차베스[129]가 쓰는 그 똥 냄새 나는 카스티야어를 축복하소서, 그의 카스티야어는 똥이온데, 그 똥을 제가 창조하였나이다.

생각해 보면 모든 게 민담이죠. 우리는 싸움은 잘하지만 침대에선 맥을 못 춥니다. 아니면 그 반대일까요, 마키에이라[130] 씨? 난 이제 잘 모르겠어요. 푸겟[131]의 말이 맞습니다. 실속 있는 보조금과 지원금을 받아야 합니다. 그들이 당신과 계약하고 싶은 마음을 접기 전에

128 Jorge Rafael Videla Redondo(1925~). 아르헨티나의 군인 출신 대통령. 1976년 쿠데타로 이사벨 페론 대통령을 축출하고 대통령이 됐다. 2003년 과거사 청산 작업이 진행되면서 30건의 살인과 555건의 납치, 264건의 고문 행위에 연루된 혐의가 인정됐고, 2010년 아르헨티나 법원은 그에게 종신형을 선고했다.

129 Hugo Chávez(1954~2013). 베네수엘라 군인 출신 대통령. 1999년부터 2013년까지 세 번에 걸쳐 대통령직을 연임하였다.

130 Diego Maquieira(1951~). 칠레 시인이자 조형 예술가. 1989년 파블로 네루다 문학상을 수상하였다.

131 Alberto Fuguet(1964~). 칠레 작가이자 저널리스트.

132 Jacques Vaché(1895~1919). 프랑스 작가로 앙드레 브르통André Breton(1896~1966)과 초현실주의를 이끌었다.

133 Mario Santiago Papasquiaro(1953~1998). 멕시코 시인. 1970년대 중반 로베르토 볼라뇨와 인프라레알리스모 문학 운동을 주도했다.

134 Penélope Cruz(1974~). 스페인 배우. 인도에서 테레사 수녀를 만나 나환자 병원에서 봉사 활동을 했으며 후원금을 기부한 바 있다.

당신을 팔아야 합니다. 자크 바셰[132]가 누구인지 알던 마지막 라틴 아메리카인이 훌리오 코르타사르와 마리오 산티아고[133]였는데 둘 다 죽고 없습니다. 인도에선 페넬로페 크루스[134]의 이야기가 우리의 가장 저명한 문장가들만큼의 지위에 올랐습니다. 페넬로페가 인도에 갑니다. 그곳의 지역색과 참모습을 보고자 콜카타나 뭄바이에 있는 어느 후미진 식당으로 식사하러 갑니다. 페네로페가 그리 말하죠. 최악의 식당이나 가장 싼 식당, 아니면 가장 서민적인 식당. 입구에서 앙상한 소년을 보게 됩니다. 소년도 그녀를 빤히 쳐다보죠. 페넬로페가 일어나 소년에게 다가가 무슨 일이냐고 물어봅니다. 소년이 우유를 한 잔 달라고 합니다. 신기합니다. 페넬로페는 우유를 마시고 있지 않았으니까요. 어쨌든 우리의 여배우는 입구에 있는 소년에게 우유 한 잔을 줍니다. 페넬로페가 보는 앞에서 소년이 우유를 마십니다. 페넬로페가 얘기하길, 우유를 다 마신 소년이 기쁨과 감사의 시선을 건네자 그녀는 자기가 가진 것 중에 필요치 않은 게 얼마나 되는지 생각했다고 합니다. 페넬로페는 그 점에서 실수를 했습니다. 그녀가 가진 모든 것은 절대적으로 그녀에게 필요한 것이기 때문입니다. 며칠 후, 페넬로페는 콜카타의 테레사 수녀와 장시간 철학적이고도 실질적인 대화를 나눕니다. 얘기를 나누던 중 페넬로페가 이런 이야기를 합니다. 그녀는 필요한 것과 무용한 것, 존재하는 것과 존재하지 않는 것, 관계된 것과 관계되지 않은 것에 대해 얘기합니다. 무엇과의 관계? 어떤 관계? 존재한다는 건 대체 뭐지? 자기 자신이 된다는 건? 페넬로페는 혼란스럽습니다. 그사이 테레사 수녀는 그 얘기를 나누는 방 혹은 회랑을 관절염 걸린 족제비처럼 이리저리 돌아다닙니다. 향유 같은, 살아 있는 망자들의 태양 같은 콜카타의 태양은 어느새 서쪽에서 마지막 빛을 뿌리고 있습니다. 그래, 그래, 콜카타의 테레사 수녀가 그렇게 말하더니 페넬로페가 알아듣지 못할 말을 중얼거립니다. 뭔데요, 페넬로페가 영어로 물어봅니다. 너 자신이 돼야 해. 세상을 바로잡는 데 마음 쓰지 말고, 테레사 수녀가 말합니다. 도와줘, 도와줘, 누구라도 도와줘, 누군가에게 우유도 주고, 그거면 충분해, 한 아이의 후원자가 되는 거지, 한 명이면 돼, 그거면 충분해, 테레사 수녀가 이탈리아어로 말합니다. 그 말엔 불쾌감이 서려 있습니다. 밤이 되자 페넬로페는 호텔로 돌아오죠. 샤워를 하고 옷을 갈아입고 향수 몇 방울을 떨어뜨리는 중에도 테레사 수녀의 말이 귓가를 맴돕니다. 후식을 먹다 갑자기 계시를 받습니다. 네가 가진 것에서 아주 조금만 주면 되느니라. 그걸 어렵다 생각하지 않으면 될 일. 너는 원주민 소년에게 1년에 12페소씩 주어라, 그것으로도 너는 뭔가를 하는 것이니라. 비통해하지 말 것이며 자책하지 마라. 담배를 끊고 견과류를 먹을 것이며 자책하지 마라. 절약과 선은 떼려야 뗄 수 없는 것이니라.

심령처럼 대기를 떠도는 수수께끼가 있습니다. 페넬로페가 값싼 식당에서 밥을 먹고도 위장염에 걸리지 않은 건 왜일까요? 그리고 페넬로페처럼 돈 있는 사람이 왜 값싼 식당에 갔을까요? 돈을 아끼려고?

우리는 침대에서도 기후 불순에도 젬병이지만 축적에는 일가견이 있습니다. 우린 모든 걸 저장하지요. 이 정신 병원이 불타 버릴 걸 안다는 듯이 말입니다. 우린 모든 걸 숨기지요. 피사로가 주기적으로 훔쳐 올 보물뿐만 아니라 아주 쓸모없는 물건들, 싼 물건들, 버려진 실들, 편지들, 단추들, 그것들조차 묻어 둡니다. 그런데 그 장소를 잊어버리죠. 우리의 기억력은 연약하니까요. 그런데도 우리는 보관하고 비축하고 모아 둡니다. 할 수만 있다면 우리는 더 나은 시대를 위해 우리 자신까지 보관할 겁니다. 우리는 부모 없이 사는 법을 모릅니다. 부모님이 자기 다음 세대들보다 더 위대해 보이려고 우리를 못생기고 멍청하고 못된 놈으로 만들었다는 의심이 들긴 하지만 말입니다. 부모님은 축적은 영원함이자 작품이며 뛰어난 사람들의 전당으로 해석했지만 우리에게 축적은 성공이고 돈이며 존경입니다. 우리는 중산층 세대이며 우리의 관심은 오직 성공과 돈과 존경에 있습니다.

영속성은 허무한 이미지들의 속도에 밀려났습니다. 위인들의 판테온, 그걸 발견하고 우리는 깜짝 놀랐죠. 그건 불난 정신 병원의 개집이더군요.

보르헤스를 십자가에 못 박을 수 있다면 우리는 그렇게 했을 것입니다. 우리는 겁 많고 소심한 살인자들입니다. 우리는 우리의 뇌가 대리석으로 된 능이라고 믿으나, 실은 마분지로 된 집, 한없는 황혼과 텅 빈 황야 속에 버려진 폐가입니다(그건 그렇다 치고, 누가 우리더러

보르헤스를 십자가에 못 박지 못했다고 할까요. 제네바에서 죽은 보르헤스가 그러겠지요).

자, 그럼 가르시아 마르케스의 말을 따르고 알렉상드르 뒤마[135]를 읽읍시다. 페레스 드라고나 가르시아 콘테가 하는 말을 경청하고 페레스 레베르테를 읽읍시다. 독자의 구원은 베스트셀러에 있습니다(출판 산업의 구원도 거기 있죠). 누가 생각이나 했겠어요. 프루스트에 대단한 자부심을 느끼고 철사 줄에 걸린 조이스의 작품을 열심히 공부했는데, 해답은 베스트셀러에 있더군요. 아, 저 베스트셀러. 우리는 침대에선 젬병인 데다 똑같은 실수를 저지를지도 모릅니다. 이 모든 게 우리한테 출구가 없다고 하는 것 같습니다.

---

135 Alexandre Dumas(1802~1870). 프랑스의 소설가. 대표작으로 『삼총사 Les Trois Mousquetaires』(1844), 『몬테크리스토 백작 Le Comte de Monte-Cristo』(1845)이 있다.

옮긴이의 말
참을 수 없는 볼라뇨

 2003년 6월 27일. 볼라뇨는 스페인 세비야에서 열린 라틴 아메리카 작가 대회에 참가했다. 그런 행사에 참여를 약속하고 불참하기 일쑤이던 볼라뇨가, 그것도 간부전을 앓는 몸으로 그곳에 가다니, 자리를 함께한 아르헨티나 작가 로드리고 프레산Rodrigo Fresán과의 개인적 친분을 고려하더라도 놀라운 일이었다. 이내 그곳에 모인 작가들은 볼라뇨를 동 세대 라틴 아메리카 작가의 대변자로 떠받들었다. 이 만남을 기념하려 했는지 그해 여름 볼라뇨가 사망하고 이듬해 2월, 멕시코 작가 호르헤 볼피Jorge Volpi를 필두로 그 행사에 참석한 작가들의 글을 모은 『아메리카의 말*Palabra de América*』이 출간됐다(거기에 고명한 쿠바 작가 기예르모 카브레라 인판테Guillermo Cabrera Infante의 권두언까지 덧붙였다). 볼라뇨를 비롯해 당대에 주목받는 라틴 아메리카 작가들이 한데 어울린 결과물이니 이목을 끌지 않을 수 없었다. 그런데 두 달 후, 호르헤 볼피의 작품 『광기의 끝*El fin de la locura*』이 출간됐다. 오얏나무 밑에선 갓

끈을 고쳐 매지 말라 했거늘(볼피가 정말로 갓끈만 고쳐 매려 했는지는 모를 일이다). 이를 두고 스페인 비평가 이그나시오 에체바리아Ignacio Echevarría가 발끈했다. 볼라뇨가 『아메리카의 말』에 실린 「세비야가 날 죽인다Sevilla me mata」라는 글에서 〈젊은 작가들은 몸과 마음을 다해 책을 파는 데 전념한다〉면서 명성과 성공을 추구하는 세태를 비판하는데도 상업적 목적으로 죽은 볼라뇨를 앞세웠다고 꼬집었다. 볼라뇨의 문학 세계를 누구보다 잘 이해하고 있던 에체바리아로서는 볼라뇨를 〈팔아먹는〉 꼴을 볼 수 없었던 것이다. 이에 볼피는 에체바리아가 비평가로서 비열하다며 대응하고 나섰고, 그렇게 칠레 일간지 「라 나시온La Nación」에 전개된 스페인 비평가와 멕시코 작가의 설전은 몇 달간 계속됐다.

마술적 사실주의를 넘어 새로운 문학 지평을 꿈꾸던 크랙El Crack과 매콘도McOndo 작가들은 볼라뇨를 그들의 〈토템〉으로 추어올리기 바빴을지 모르나, 그 작가 대회가 볼라뇨에겐 작가 정신을 환기하는 마지막 작별 인사가 되고 말았다. 작가 대회를 마친 볼라뇨는 블라네스로 돌아와 집필실로 쓰던 아파트에서 아들과 하룻밤을 보냈다. 그리고 이튿날 아들을 학교에 바래다줬다. 그러나 그의 병세는 악화 일로였다. 바로 그날 볼라뇨는 각혈을 하고 마지막 연인이던 카르멘 페레스 데 베가Carmen Pérez de Vega를 찾았다. 바르셀로나에서 다급히 달려온 그녀는 입원을 종용했으나 헛수고였다. 볼라뇨는 서둘러 『참을 수 없는 가우초』의 원고를 출력하여 아나그라마 출판사의 호르헤 에랄데Jorge Herralde

에게 넘겼다. 그리고 7월 1일, 연이은 각혈에 입원한 볼라뇨는 간 이식을 기다리던 중 혼수상태에 빠졌다. 열흘간 사경을 헤매다 2003년 7월 15일, 라틴 아메리카 현대 문학의 이단아, 볼라뇨는 세상을 떠났다. 그리하여 『참을 수 없는 가우초』는 볼라뇨의 세 번째 단편집이자 첫 번째 유작이 되었다. 자신의 죽음을 예견하고 작별을 준비했던 것일까. 볼라뇨는 『참을 수 없는 가우초』에 그의 자녀들(라우타로와 알렉산드라)과 절친한 동료이던 에체바리아와 프레산, 그의 작품을 번역한 로베르 아무티오Robert Amutio와 크리스 앤드루스Chris Andrews, 그의 임종을 지킨 그의 마지막 연인 카르멘 페레스 데 베가, 그의 담당의 빅토르 바르가스Victor Vargas, 그리고 그가 극찬해 마지않던 아르헨티나 작가 알란 파울스Alan Pauls에게 헌사를 남겼다.

『참을 수 없는 가우초』에는 다섯 편의 단편과 두 편의 에세이가 실려 있다. 첫 번째 단편 「짐」은 2002년 9월 칠레 신문 「라스 울티마스 노티시아스Las Últimas Noticias」에 실린 작품으로 유령의 얼굴을 마주하고 죽음을 향해 나아가며 〈시인으로서 기발한 뭔가를 찾아서 그걸 쉬운 말로 표현〉하고자 하는 그링고(미국인) 짐이라는 인물에 대한 이야기이다. 작가의 숙명을 혹은 볼라뇨 자신의 운명을 그린 것 같은 이 단편의 주인공 짐은 볼라뇨가 멕시코시티에 살던 시절 라 아바나 카페 근처에서 피자 가게를 운영하던 미국인을 인물화한 것이다. 이 인물은 『야만스러운 탐정들』에서 제리 루이스로 등장한 바 있는데, 마데로의 11월 26일자 일기를 보면 〈조리용 칼을 결코 놓지 않는〉 인물로 그려져 있다.

「참을 수 없는 가우초」는 20세기 아르헨티나 문화 정체성에 대해 고찰한 보르헤스의 「남부El sur」와 「마가복음El Evangelio según Marcos」에 대한 패러디적 다시 쓰기이다. 『돈키호테』를 연상하게 하는 이 단편은 보르헤스뿐만 아니라 다양한 아르헨티나 작가들의 작품과도 접속하며 볼라뇨의 해학적 면모를 보여 준다. 예를 들어, 토끼의 등장은 훌리오 코르타사르Julio Cortázar의 「파리의 여인에게 보내는 편지Carta a una señorita en París」나 안토니오 디 베네데토Antonio Di Benedetto의 「궤변적 학식이 담긴 동식물학 3부작Tríptico zoo-botánico con rasgos de improbable erudición」과, 주인공 페레다가 말을 타고 풀페리아에 들어가는 장면은 디 베네데토의 「아바야이Aballay」와 상호 텍스트 관계를 형성한다. 볼라뇨는 이 작품을 상호 텍스트적 놀이로 구현함으로써 문학의 원형과 작가의 권위를 파괴함과 동시에 20세기 아르헨티나에 설정된 문명-야만의 사회 문화적 메커니즘에 대한 현재적 재해석을 시도한다.

「경찰 쥐」는 인간을 쥐에 빗대어 예술의 본질과 예술과 대중의 관계를 고찰한 카프카의 「여가수 요제피네 혹은 쥐 족속Josefine, die Sängerin oder Das Volk der Mäuse」(1924)과 연결되는 작품으로, 여기서 볼라뇨는 페페 엘 티라라는 경찰 쥐를 여가수 요제피네의 조카로 설정한다. 탐정 소설에 기초한 이 단편에서 주인공 경찰 쥐는 〈동족을 죽이지 않는〉 쥐들의 사회에서 예외적으로 발생한 살해 사건의 범인을 추적한다. 그러나 마침내 살해자를 체포하는 순간, 살해자의 야만성에 분노한 주인공은 살해자를 죽임으로써 또 다른 살해자로 전락하고 만다. 볼라뇨가 『먼 별』, 『부적』, 『2666』, 『칠레의 밤』 등에서 끊임없이 현대 사회의 병폐에 천착했음을 고려하면 인간 세계를 쥐에 빗대어 우리 안에 내재된 악의 욕망과 악의 일상화를 그려 낸 이 작품 또한 그와 맥을 같이하고 있음을 알 수 있다.

「알바로 루셀로트의 여행」은 예술의 표절을 다룬 작품이다. 아르헨티나에 사는 알바로 루셀로트는 파리에 사는 영화감독 모리니가 자신의 작품을 반복적으로 표절하고 있음을 알게 된다. 그러나 루셀로트는 그에 대해 아무런 대응도 하지 않는다. 오히려 그는 모리니가 표절을 저지른 범죄자이지만 자기 작품에 대한 〈최고의 독자〉라는 모순적 감정에 휩싸이게 되고 마침내 그를 찾아 나선다. 그러나 모리니를 만나는 순간이 다가오자 그는 자신의 행위가 〈문학의 포악성〉이며 〈문학의 허영〉임을 인정하게 된다. 『야만스러운 탐정들』에서 내장사실주의자들이 자신들의 문학적 모형을 살해하듯이, 혹은 「참을 수 없는 가우초」의 패러디를 정당화하듯이, 이 단편에서 볼라뇨는 예술의 원형과 작품에 대한 예술가의 권위를 파괴한다. 마치 예술은 누구의 것도 아니거나 혹은 모두의 것이라는 듯이.

「두 편의 가톨릭 이야기」는 〈천명〉과 〈우연〉으로 나뉘는데, 성직자가 되려는 소년과 어느 살인자의 기막힌 조우를 그린 작품이다. 〈천명〉의 소년은 겨울밤 눈 위를 맨발로 걸어가는 수도사를 목격하고 그를 뒤쫓으며 그의 발자국을 〈신의 메시지〉, 즉 천명으로 받아들인다. 반면에 〈우연〉의 살인자는 과거의 여인을 찾아갔다가 맞닥뜨린 수도사와 벌거벗은 어린아이를 살해하고 탈주한다. 청년이 천명이라 여긴 수도사의 흔적이 다름 아닌 수도복을 입은 살인자였던 것이다. 두 인물의 조우로 볼라뇨는 천상과 지하, 성스러움과 미천함, 선과 악의 아이러니를 그려 낸다.

마지막으로 볼라뇨의 두 에세이 「문학+병=병」과 「크툴루의 신화」는 문학에 대한 볼라뇨의 비전을 담고 있다. 먼저, 「문학+병=병」에서 볼라뇨는 보들레르와 말라르메의 시구를 상기하며 문학의 생명이 여행에 있음을 역설한다. 그에게 문학은 여행 그 자체이다. 그러나 〈공포의 오아시스〉밖에 없는 현대 사회, 그 〈권태의 사막〉에선 〈여행하지 않는 편이 건강에 좋으며 움직이지 않는 편이, 집 밖으로 나가지 않는 편이, 겨울에는 따뜻하게 입고 있다가 여름이 오면 목도리만 풀어 두는 편이〉 건강에 이롭다. 그런데 볼라뇨의 말처럼 우리 모두는 〈숨을 쉬고 여행을 하고 있다〉. 볼라뇨에게 삶과 문학은 〈새로운 것〉을 찾아 떠나는 여행이다. 이것이 그의 문학 세계가 기성 질서가 구축한 문학 경계를 넘나드는 이유일 것이다. 다음으로 「크툴루의 신화」는 문학의 현주소를 진단한 글이다. 이 글은 성공과 돈과 명성을 좇아야 하는 작가의 절망적 현실과 그로 인해 문학의 〈소비자〉로 전락한 독자의 현실을 노골적으로 드러낸다는 점에서 문학에 대한 볼라뇨의 애착과 고뇌를 엿볼 수 있다.

볼라뇨는 작가보다는 독자이기를 원했으며 늘 탐정이고 싶었다고 한다. 그래서일까. 그는 스스로 문학을 탐험하는 여행자가 됨으로써 독자를 그 여행에 불러들인다. 독자로 하여금 텍스트 〈소비자〉가 아니라 텍스트

추적자, 즉 〈움직이는 독자〉가 되도록 부추기는 것이다. 자신의 문학 세계를 〈메타텍스트적 유희〉라고 할 만큼 기성 작품과 무수한 교차점을 남겨 두는 볼라뇨의 글쓰기 특성은 『참을 수 없는 가우초』에서도 유감없이 발휘된다. 그리하여 카프카, 보르헤스, 코르타사르, 가우초 문학, 환상 문학 등 문학의 경계를 가로지르며 다양한 층위와의 접속과 분절을 통해 독서의 즐거움을 선사한다. 죽음의 목전에서 손수 『참을 수 없는 가우초』의 원고를 넘긴 볼라뇨. 이 작품은 〈작가의 죽음〉과 자신의 죽음을 받아들이며 독자를 살려 내고자 한 볼라뇨의 마지막 몸짓 같다.

이경민

로베르토 볼라뇨 연보

1953년 출생 4월 28일 칠레의 산티아고에서 로베르토 볼라뇨 아발로스 태어남. 아버지 레온 볼라뇨는 아마추어 권투 선수이자 트럭 운전사였고, 어머니 빅토리아 아발로스는 수학 선생님이었음. 볼라뇨는 어린 시절 읽기 장애가 있었는데, 어머니는 시를 좋아하는 어린 아들이 좌절하지 않도록 용기를 북돋워 주었음. 볼라뇨는 가족과 함께 발파라이소, 킬푸에, 비냐델마르, 로스앙헬레스 등 칠레의 여러 도시에서 유년기를 보냈으며, 그중 로스앙헬레스에 가장 오래 거주하였음.

1968~1973년 15~20세 가족과 함께 멕시코의 멕시코시티로 이주함. 학교에 입학했으나 중퇴했고, 다시는 교실에 발을 들여놓지 않겠다고 굳게 결심함. 1968년 10월 멕시코시티 올림픽 개막 며칠 후, 이 도시를 뒤흔든 학생 소요와 경찰의 무력 진압 현장을 목격함. 이는 수백만의 학생이 학살되거나 투옥되었던 10월 2일 틀라텔롤코 대학살에 뒤따라 벌어진 사건이었음. 이러한 일련의 사태는 이후 볼라뇨의 작품, 특히 『야만스러운 탐정들 Los detectives salvajes』과 『부적 Amuleto』의 소재가 됨. 15세부터 시를 쓰기 시작했으며, 독서에 푹 빠져 생활함. 그는 서점 진열대에서 책을 훔쳐 읽으며 지식을 습득했고, 훗날 서점 직원들이 자기 손에 닿지 않는 곳에 몇몇 책을 꽂아 놓아 읽을 수 없었다고 원망하기도 함. 그는 자신이 독학을 한 것이 아니라 〈모든 것을 책에서 배웠

다〉고 말함. 사춘기 말과 성년 초기를 멕시코에서 보냄. 이때를 멕시코에서 보낸 제1시기라고 할 수 있음.

1973년 20세 8월 아옌데 대통령의 사회주의 정부를 전복하려는 피노체트의 쿠데타(9월 11일)가 발발하기 전에 사회주의 건설에 참여하기 위해 칠레로 돌아와 아옌데의 사회주의 혁명을 지지하는 좌파 진영에 가담함. 쿠데타가 일어나자 콘셉시온 근처에서 체포되어 투옥되었으나, 마침 어릴 적 친구였던 간수의 도움으로 8일 만에 석방됨. 이 행적은 순전히 볼라뇨 자신의 진술에 의거한 것으로, 볼라뇨는 이 극적인 사건을 여러 작품에 다양한 형태로 서술하였음.

1974~1977년 21~24세 멕시코로 돌아와 아방가르드 문학 운동인 〈인프라레알리스모*infrarrealismo*〉를 주창함. 〈인프라레알리스모〉는 프랑스 다다이즘과 미국 비트 제너레이션의 영향을 받은 시 문학 운동으로, 볼라뇨가 친구인 시인 마리오 산티아고와 함께 결성하였으며 멕시코 시단의 기득권 세력을 비판하며 가난과 위험, 거리의 삶과 일상 언어에 눈을 돌리자고 주장한 반항적 운동임. 문학 기자와 교사로 일했으나 무엇보다도 시를 읽고 쓰는 데 집중함.

1975년 22세 브루노 몬타네와 함께 시집 『높이 나는 참새들 *Gorriones cogiendo altura*』 출간.

1976년 23세 일곱 명의 다른 〈인프라레알리스모〉 시인들과 함께 산체스 산치스 출판사에서 시집 『뜨거운 새*Pájaro de calor*』 출간. 그리고 같은 해 첫 단독 시집인 『사랑을 다시 만들어 내기 *Reinventar el amor*』 출간. 이 시집은 한 편의 장시를 9개의 장으로 나누어 실은 얇은 책으로, 후안 파스코에가 지도하는 타예르 마르틴 페스카도르 시 아틀리에에서 출간되었음. 북아메리카 미술가 칼라 리피의 판화를 표지 그림으로 쓴 이 책은 225부만 인쇄하였음. 이때를 멕시코에서 보낸 제2시기라 할 수 있음.

1977년 24세 유럽으로 이주. 파리를 비롯해 유럽 여러 나라의 도시들을 여행한 후 스스로 〈세상에서 가장 아름다운 도시〉라고 경탄한 바르셀로나에 정착함. 이후 접시 닦이, 바텐더, 외판원,

캠핑장 야간 경비원, 쓰레기 청소부, 부두 노동자 등 온갖 직업에 종사하며 생계를 유지함. 그러면서도 계속 시를 씀.

1979년 26세 11인 공동 시집인 『불의 무지개 아래 벌거벗은 소년들 Muchachos desnudos bajo el arcoiris de fuego』 출간.

1980년 27세 시를 계속 쓰면서 본격적으로 소설 집필에 전념하기 시작함.

1982년 29세 카탈루냐 출신 카롤리나 로페스와 결혼.

1984년 31세 안토니 가르시아 포르타와 함께 쓴 소설 『모리슨의 제자가 조이스의 광신자에게 하는 충고 Consejos de un discípulo de Morrison a un fanático de Joyce』를 출간, 스페인의 암비토 리테라리오 소설상 수상.

1986년 33세 카탈루냐 북동부 코스타 브라바의 헤로나 근처의 블라네스라는 바닷가 소도시로 이사. 볼라뇨는 죽을 때까지 이 도시에서 살았음.

1990년 37세 아들 라우타로 태어남. 1990년대 초부터 볼라뇨는 자신의 시와 소설들을 스페인의 다양한 지역 문학상에 출품하기 시작함. 그는 문학상을 받아 생계에 보탬이 되고 자신의 작품이 출판되기를 희망하였음.

1992년 39세 시집 『미지의 대학의 조각들 Fragmentos de la universidad desconocida』이 출간 이전 라파엘 모랄레스 시(詩) 문학상 수상. 치명적인 간질환을 진단받음.

1993년 40세 소설 『아이스링크 La pista de hielo』 출간, 스페인의 알칼라데에나레스 시(市) 중편 소설상을 수상. 시집 『미지의 대학의 조각들』 출간. 볼라뇨는 이때부터 본격적으로 문학계의 인정을 받기 시작함. 이때부터는 오직 글쓰기로만 생활비를 벌었다.

1994년 41세 소설 『코끼리들의 오솔길 La senda de los elefantes』 출간, 스페인의 펠릭스 우라바엔 중편 소설상 수상. 시집 『낭만적인 개들 Los perros románticos』이 출간 전 스페인의 이룬 시(市)

문학상을 수상함.

1995년 42세 시집 『낭만적인 개들』 출간.

1996년 43세 가공의 작가들이 쓴 가짜 백과사전인 소설 『아메리카의 나치 문학 *La literatura nazi en América*』과 『먼 별 *Estrella distante*』 출간. 이해부터 볼라뇨는 바르셀로나의 아나그라마 출판사와 인연을 맺고 대부분의 작품을 이곳에서 출간하기 시작함.

1997년 44세 단편집 『전화 *Llamadas telefónicas*』 출간, 칠레의 산티아고 시(市) 상 수상. 이 소설집 맨 앞에 수록된 단편소설 「센시니 *Sensini*」도 같은 해 따로 단행본으로 출간됨. 대표작 중 하나로 꼽히는 방대한 분량의 소설 『야만스러운 탐정들』이 출간되기 전에 스페인의 권위 있는 문학상인 에랄데 소설상을 수상함.

1998년 45세 『야만스러운 탐정들』 출간. 이 소설은 동시대를 멋지게 그려 낸 한 편의 대서사시와 같은 장편소설로서, 뛰어난 철학적-문학적 성찰과 스릴러적인 요소, 파스티슈, 자서전의 성격이 혼재하는 독특한 작품이다. 소설의 두 주인공은 볼라뇨 자신의 분신이라 할 수 있는 아르투로 벨라노와, 볼라뇨의 친구로서 함께 인프라레알리스모 운동을 이끌었던 마리오 산티아고를 모델로 한 울리세스 리마이다. 울리세스 리마는 이후 다른 작품에도 등장함. 『파울라』지로부터 소설 심사 위원 위촉을 받아 25년 만에 칠레를 방문함.

1999년 46세 『야만스러운 탐정들』로 〈라틴 아메리카의 노벨 문학상〉이라 불리는 베네수엘라의 로물로 가예고스상 수상. 소설 『부적 *Amuleto*』과, 『코끼리들의 오솔길』의 개정판인 『팽 선생 *Monsieur Pain*』 출간. 오라 에스트라다는 『부적』을 엄청난 걸작으로 평가했다.

2000년 47세 소설 『칠레의 밤 *Nocturno de Chile*』과 시집 『셋 *Tres*』 출간. 볼라뇨는 자신의 짧은 소설 가운데 가장 완벽한 작품으로 『칠레의 밤』을 꼽았다. 스페인의 주요 일간지인 「엘 파이스 *El País*」와 「엘 문도 *El Mundo*」에 칼럼 게재.

2001년 48세 단편집 『살인 창녀들 *Putas asesinas*』 출간. 볼라뇨가 등장인물로 나오는 하비에르 세르카스Javier Cercas의 소설 『살라미나의 병사들 *Soldados de Salamina*』도 출간됨. 이 소설에서 볼라뇨는 주인공이 소설을 완성하도록 도와주는 인물로 등장함. 2003년 영화로도 제작된 이 작품의 성공으로 볼라뇨는 스페인에서 유명해짐.

2002년 49세 실험적인 소설 『안트베르펜 *Amberes*』과 『짧은 룸펜소설 *Una novelita lumpen*』 출간.

2003년 50세 사망하기 몇 주 전 세비야에서 열린 라틴 아메리카 작가 대회에 참가하여 만장일치로 새로운 라틴 아메리카 문학의 대변자로 추앙됨. 7월 15일 바르셀로나의 바예데에브론 병원에서 아내 카롤리나와 아들 라우타로, 딸 알렉산드라를 남긴 채 간 부전으로 숨을 거둠. 단편집 『참을 수 없는 가우초 *El gaucho insufrible*』 사후 출간. 대표작 중 하나인 『2666』이 출간되기 전에 바르셀로나 시(市) 상을 수상함.

2004년 『참을 수 없는 가우초』가 칠레의 알타소르 소설상 수상. 필생의 역작 『2666』 출간, 스페인의 살람보상 수상. 1천 페이지가 넘는 어마어마한 분량의 이 작품은 볼라뇨가 죽을 때까지 손에서 놓지 않고 매달린 소설로, 가장 큰 야심작임. 처음에는 작가의 뜻에 따라 1년 간격으로 5년에 걸쳐 5부작으로 출판하려 했으나, 1권의 〈메가 소설〉로 출간됨. 『2666』은 북멕시코의 시우다드후아레스 시에서 3백 명 이상의 여인이 연쇄 살인된 미해결 실제 사건을 주요 모티프로 삼아 산타테레사라는 도시를 배경으로 재구성한 작품임.

2005년 『2666』이 칠레의 알타소르 소설상, 칠레의 산티아고 시(市) 문학상 수상. 칼럼과 연설문, 인터뷰 등을 모은 『괄호 치고 *Entre paréntesis*』 출간.

2006년 볼라뇨의 인터뷰를 모은 『볼라뇨가 말하는 볼라뇨 *Bolaño por sí mismo*』 출간.

2007년 단편소설과 다른 글들을 모은 『악의 비밀 *El secreto del*

mal』과 시집 『미지의 대학*La universidad desconocida*』 출간. 『야만스러운 탐정들』 영어판 출간, 「뉴욕 타임스」 선정 〈2007년 최고의 책〉으로 꼽힘. 『먼 별』이 2007년 콜롬비아 잡지 『세마나』에서 선정한 〈25년간 출간된 스페인어권 100대 소설〉 14위에 오름.

2008년 『2666』의 영어판 출간, 평단과 독자 모두에게 호평을 받으며 대단한 인기를 누림. 전미 서평가 연맹상 수상. 「뉴욕 타임스」와 『타임』 선정 〈2008년 최고의 책〉으로 꼽힘.

2009년 『2666』이 「타임스 리터러리 서플러먼트」, 「스펙테이터」, 「텔레그래프」, 「인디펜던트 온 선데이」, 「샌프란시스코 크로니클」, 「NRC 한델스블라드」 등 세계 각국의 유력지에서 〈2009년 최고의 책〉에 선정되었으며 「가디언」에서는 〈2000년대 최고의 책 50권〉으로 꼽힘. 스페인 유력지 「라 반과르디아」에서 선정한 〈2000년대 최고의 소설 50권〉 중 『2666』이 1위로 꼽힘.

2010년 소설 『제3제국*El Tercer Reich*』 출간.

2011년 소설 『진짜 경찰의 무미건조함*Los sinsabores del verdadero policía*』 출간. 현재 볼라뇨의 전작은 스페인을 비롯한 이탈리아, 독일, 프랑스, 네덜란드, 스웨덴, 핀란드, 그리스, 체코, 폴란드, 세르비아 등 유럽권 국가는 물론 미국과 영국 등 영어권 국가, 그리고 브라질, 터키, 이스라엘, 일본에 이르기까지 번역, 출간되며 〈볼라뇨 전염병〉을 퍼뜨리고 있다.

참을 수 없는 가우초

옮긴이 이경민은 조선대학교 스페인어과를 졸업하고 서울대학교 대학원에서 라틴 아메리카 문학을 전공했다. 멕시코 메트로폴리탄 자치대학교에서 노마드 문학 개념을 통한 로베르토 볼라뇨 연구로 문학 박사 학위를 취득하고 현재 서울대학교 라틴 아메리카 연구소 선임연구원으로 재직 중이다. 로베르토 볼라뇨의 옮긴 책으로 『제3제국』이 있다.

지은이 로베르토 볼라뇨 **옮긴이** 이경민 **발행인** 홍지웅 **발행처** 주식회사 열린책들 **주소** 경기도 파주시 문발로 253 파주출판도시 **전화** 031-955-4000 **팩스** 031-955-4004 **홈페이지** www.openbooks.co.kr Copyright (C) 주식회사 열린책들, 2013, *Printed in Korea*. ISBN 978-89-329-1633-0 03870 **발행일** 2013년 9월 30일 초판 1쇄 2014년 10월 25일 초판 2쇄

이 도서의 국립중앙도서관 출판시도서목록(CIP)은 e-CIP 홈페이지(http://www.nl.go.kr/ecip)와 국가자료공동목록시스템(http://www.nl.go.kr/kolisnet)에서 이용하실 수 있습니다. (CIP제어번호: CIP2013019053)

로베르토 볼라뇨의 소설

칠레의 밤 임종을 앞둔 칠레의 보수적 사제이자 문학 비평가인 세바스티안 우르티아 라크루아의 속죄의 독백.

부적 우루과이 여인 아욱실리오 라쿠투레가 1968년 멕시코 군대의 국립 자치 대학교 점거 당시 13일간 화장실에 숨어 지냈던 이야기를 시작으로 들려주는 흥미로운 회고담.

먼 별 연기로 하늘에 시를 쓰는 비행기 조종사이자 피노체트 치하 칠레의 살인 청부업자였던 카를로스 비더와 칠레의 암울한 나날에 관한 강렬한 이야기.

전화 볼라뇨의 첫 번째 단편집. 시인, 작가, 탐정, 군인, 낙제한 학생, 러시아 여자 육상 선수, 미국의 전직 포르노 배우, 그리고 수수께끼 같은 인물들이 등장하는 14편의 이야기.

야만스러운 탐정들 〈라틴 아메리카의 노벨상〉이라 불리는 로물로 가예고스상 수상작. 현대의 두 돈키호테, 우울한 멕시코인 울리세스 리마와 불안한 칠레인 아르투로 벨라노가 만난 3개 대륙 8개 국가 15개 도시 40명의 화자가 들려주는 방대한 증언.

2666 볼라뇨의 최대 야심작이자 죽을 때까지 손에서 놓지 않은 일생의 역작. 5부에 걸쳐 80년이란 시간과 두 개 대륙, 3백 명의 희생자들을 두루 관통하는 묵시록적인 백과사전과 같은 소설.

팽 선생 은퇴 후 조용히 살고 있던 피에르 팽. 멈추지 않는 딸꾹질로 입원한 페루 시인 세사르 바예호의 치료를 부탁받은 후 이상하게도 꿈같은 사건들이 일어나기 시작한다.

아이스링크 스페인 어느 해변 휴양지의 여름, 칠레의 작가 겸 사업가와 멕시코 출신 불법 노동자, 카탈루냐의 공무원 등 세 남자가 풀어놓는 세 가지 각기 다른 이야기.

살인 창녀들 두 번째 단편집. 세계 곳곳에서 방황하는 이들, 광기, 절망, 고독에 관한 13편의 이야기. 이 책에서 시는 폭력을 만나고, 포르노그래피는 종교를 만나며 축구는 흑마술을 만난다.

안트베르펜 볼라뇨의 무의식 세계와 비관적 서정성으로 들어가는 비밀스러운 서문과 같은 작품. 55편의 짧은 글과 한 편의 후기로 이루어진 실험적인 문학적 퍼즐이다.

참을 수 없는 가우초 5편의 단편과 2편의 에세이 모음집. 참을 수 없는 가우초, 불을 뱉는 사람, 비열한 경찰관 등에 관한 이야기와 문학과 용기에 관한 아이러니한 단상이 실려 있다.

제3제국 코스타 브라바의 독일인 여행자와 수수께끼의 남미인 사이에 벌어지는 이야기. 〈제3제국〉은 전쟁 게임의 이름이다.